Der liebe Gott und die gebratene Taube

Viktoria Ruika-Franz

Der liebe Gott
und die gebratene Taube

Geschichten aus drei Zeiten

Bibliografische Information der Deutschen Nationalbibliothek
Die Deutsche Nationalbibliothek verzeichnet diese Publikation in der
Deutschen Nationalbibliografie; detaillierte bibliografische Daten sind
im Internet über http://dnb.d-nb.de abrufbar.

Anmerkung
Die im Buch vorkommenden literarischen Gestalten sind satirisch
überhöht und nicht identisch mit heute lebenden Personen.

© 2012 Viktoria Ruika-Franz
Satz, Umschlaggestaltung, Herstellung und Verlag:
Books on Demand GmbH, Norderstedt
ISBN 978-3-8448-2109-3

Inhalt

Der liebe Gott und die gebratene Taube

Jenni und ich waren Geschwister, und weil Jenni etwas älter war, hatte sie immer ein Auge auf mich, und sie beschützte mich, wenn es nötig war. Beide trugen wir fest geflochtene Zöpfchen, Rattenschwänze, wie es damals hieß, sie mit grünen Schleifen am Ende, ich mit blauen. Jenni und ich hatten immer Hunger, und unsere Mägen brummten meist ärgerlich vor sich hin. Meine Eltern schlugen sich in der Zeit der großen Wirtschaftskrise und schlimmer Arbeitslosigkeit mit viel Mut und Fleiß durchs Leben, aber das Geld reichte nicht hin und nicht her.

Eines Tages klingelte es an der Wohnungstür. Als meine Mutter öffnete, trat eine große fremde Frau in die Stube, und sie sah so streng aus, dass Jenni und ich uns auf der Stelle hinter dem Wäschekorb verkrochen. Der schwarze gefältete Rock der Frau bewegte sich raschelnd wie aus hartem Papier, und ihre Stimme zerschnitt die Luft unserer kleinen Wohnstube mit einschüchternder Schärfe. In dem papierglatten Gesicht sah ich keine Falte, Mund, Augen und Nase wirkten wie aufgemalt. Die Frau unterhielt sich mit meiner Mutter, aber den Inhalt des Gesprächs begriffen wir nicht. Was hätten wir uns unter Wörtern wie Kirchengemeinde und Wohlfahrt denn auch vorstellen sollen. Nachdem die Frau Schwärme dieser seltsamen Wörter in den Raum geschüttet hatte, entnahm sie ihrer schwarzen Tasche ein Bündel Socken, die sie auf den Tisch legte. »Gestopft und sauber«, sagte sie und tat noch zwei Paar wollene Pulswärmer dazu. »Tragt sie in Gottes Namen und dankt dem Herrn.«

Als sie sich zum Gehen wandte, fiel ihr Blick auf uns, die wir sie aus unserer Wäschekorbecke mit aufgerissenen Augen anstarrten. »Ach, das sind wohl ihre lieben Kleinen? So kommt doch einmal her und sagt mir schön Guten Tag!«, säuselte die Papierfrau, neigte sich zu uns nieder, und das große silberne Kreuz, das ihr um den Hals hing, pendelte vor meiner Nase hin und her.

Ich fürchtete mich schrecklich vor der Schwarzberockten und duckte mich noch tiefer in den Wäschekorbwinkel, während meine Schwester Jenni tapfer hervortrat und dem Gast knicksend die Hand gab. »Brav so«, sagte die Frau und strich Jenni leutselig über die grün beschleiften Rattenschwänze. »Nun komm auch du! Sei ein gutes Mädchen!« Die Frau machte einen kleinen Schritt auf mich zu. Ich aber schüttelte verstockt den Kopf und setzte eine bockige Miene auf. »Dann bist du wohl ein schlimmes Kind? Das sieht der liebe Gott gar nicht gerne!« Die Stimme der Frau gewann an Schärfe. »Betest du denn auch immer am Morgen und am Abend?« Wieder schüttelte ich den Kopf und schwieg. »Willst du mir nicht sagen, warum du nicht betest?« Meine Antwort auf ihre Frage war ein hilfloses Schulterzucken.

»Ich sehe schon, du bist ein ungezogenes Kind! Der liebe Gott verzeiht dir hoffentlich dein schlechtes Benehmen«, schalt sie mich. Die tapfere Jenni schlang den Arm um mich, schaute der Frau mit ihren treuen Äuglein tapfer ins Gesicht und rief: »Sie ist meine Schwester! Und ich habe sie lieb.«

Die Frau musterte Jenni erstaunt und sagte mit vorwurfsvollem an meine Mutter gerichteten Blick: »Ganz schön vorlaut für ihr Alter!« Sie seufzte kopfschüttelnd, legte Jenni die weiße Papierhand auf den Scheitel und sagte mit Nachdruck: »Dann musst du eben für zwei beten, damit der liebe Gott euch nicht bestraft. Kannst du denn ein Gebet?« Jenni verneinte, und aus ihren Augen quollen Tränen. »So will ich dich eins lehren, wenn du mir versprichst, lieb die Hände zu falten und es jeden Tag nach dem Aufstehen und vor dem Schlafengehen aufzusagen.« Jenni nickte und schaute die Frau erwartungsvoll an, die mit zur Zimmerdecke gerichtetem Blick salbungsvoll die Worte sprach: »Lieber Gott, mach mich fromm, dass ich in den Himmel komm!« Jenni musste den Text dreimal wiederholen. Die Schwarzberockte nickte zufrieden. »Und setz dich beim Beten immer schön ans offene Fenster, damit der liebe Gott dich hören kann. Wenn du hübsch geduldig bist, schickt er dir eines Tages zur Belohnung eine gebratene Taube.« Mit diesen Worten raschelte die Papierfrau zur Tür hinaus.

Je länger Jenni und ich über die Begegnung nachdachten, umso tiefer grub sich uns der letzte Satz der Besucherin in unsere zutraulichen Kinderseelen. Eine gebratene Taube? Noch nie hatte sich eine solche Herrlichkeit auf unsere Teller verirrt. Wir kannten sie nur aus dem Märchen vom Schlaraffenland, das die Mutter uns manchmal vorlas und das wir immer wieder hören wollten. Da konnten wir in Gedanken Würste, gebratene Gänse, Hühner und Tauben, Kuchen und Marzipanbrote in uns hineinstopfen, und manchmal schliefen wir beim Lauschen mit süßem Geschmack im Munde ein. Ach, wir wollten ja alles dafür tun, um auch im wirklichen Leben einmal eine gebratene Taube verspeisen zu dürfen. Aber vielleicht hatte die Papierfrau nur geflunkert? Vielleicht gab es da oben hinter den Himmelswolken gar keine Himmelsküche und auch keinen lieben Gott, der unsere Gebete hörte?

»Ich will es ausprobieren«, sagte Jenni schließlich, denn die Abendsonne schaute schon in das Zimmer. Sie kniete sich vor das geöffnete Fenster, faltete andächtig die Hände und betete: »Lieber Gott, mach mich fromm, dass ich in den Himmel komm. Aber vorher schicke mir doch bitte eine gebratene Taube, eine große …, so groß wie das Pferd vom Kutscher Otto. Dann könnten wir alle lange daran herumknabbern, meine kleine Schwester, die einen Riesenhunger hat, und Mama und Papa auch.« Lange saß Jenni so im Abendschein, ganz versunken in ihrem Wünschen. Ihre Gedanken flogen weit in den Himmel, und sie stellte sich vor, wie der liebe Gott in einer weißen Schürze und hohen Kochmütze am Himmelsherd stand, wie in einer blanken Riesenpfanne eine unglaublich große Taube brutzelte, wie lauter Küchenjungenengel heiße Butter auf den Braten gossen und von Zeit zu Zeit in das knisternde Feuer bliesen oder mit den Flügelchen wedelten, damit die Taube nicht anbrannte. Nach einer langen Weile hörte ich Jenni flüstern: »Ach, lieber Gott, ist die Taube denn noch nicht fertig? Wenn du wüsstest, wie groß unser Hunger schon ist und wie sehr wir auf deine Taube warten …!« Inzwischen war es dunkel geworden, die Augen wollten uns zufallen, und der Himmelsbraten kam und kam nicht. Als dann die Mutter ins Zimmer trat, schloss sie das Fenster und schickte uns schlafen.

Am nächsten Morgen in aller Herrgottsfrühe sprang Jenni aus dem Bett, um nachzusehen, ob das Himmelsgeschenk eingetroffen war. Enttäuscht blickte sie auf das leere Fensterbrett, schluckte und war den Tränen nahe. Aber dann nahm sie mich in den Arm und sagte tapfer: »Wir müssen Geduld haben. Ich versuche es noch einmal.« Sie faltete die Hände, sagte die Gebetsverse her und fügte hinzu: »Lieber Gott, die Taube ist noch nicht angekommen. Vielleicht hat der Himmelspostbote sie unterwegs verloren? Oder hat sie, groß wie ein Pferd, gar nicht durch unser kleines Wohnzimmerfenster gepasst? Entschuldige bitte, dass ich mir eine so riesige Taube gewünscht habe. Ich würde mich schon freuen, wenn sie so groß wäre wie der Spitz vom Nachbarn Krause.« Aber auch das half nichts. Das Fensterbrett blieb leer, selbst als Jenni um eine Taube bat, so groß wie die Katze Mauz vom Schornsteinfeger Franz.

Am nächsten Tag gestand Jenni dem lieben Gott, dass sie sich über eine Taube, nicht größer als eine Taube eben, sehr freuen würde. Leider antwortete der liebe Gott wieder nicht. Als Jenni endlich um eine Taube bat, so klein wie ein kleiner Spatz, und der Himmel ihre Gebete nicht erhörte, da weinte sie so bitterlich, dass es mir tief im Herzen wehtat. Enttäuscht saßen wir vor dem offenen Fenster, selbst unsere dünnen Rattenschwänze baumelten schlapp vor sich hin, und die leeren Mägen brummelten ihre alte Litanei. Jetzt begann auch noch der lange Fabrikschornstein von gegenüber seinen stinkenden Qualm in die Luft zu pusten, sodass sich das kleine Stück Himmel über uns verdunkelte. »Jetzt kann der liebe Gott unser Fenster nicht mehr sehen, und wir können die Taube vergessen«, sagte ich und fiel in Jennis Klagen ein. Als wir uns dann satt geheult hatten, gingen uns allerlei Vermutungen durch den Kopf. Vielleicht hatte der liebe Gott die Taube anbrennen lassen oder die Küchenjungenengel hatten sie versalzen, oder sie hatte so himmlisch geduftet, dass der gewaltige Gott sie selber mit Haut und Haaren verspeist hatte. Vielleicht saß er in seiner blitzsauberen Himmelsküche und nagte eben jetzt fein säuberlich ein Knöchlein nach dem anderen ab? Oder war er uns immer noch böse und wollte uns bestrafen?

Jenni klappte zornig das Stubenfenster zu. Sie wollte nicht mehr an den bösen lieben Gott und an all seine gebratenen Tauben denken, die in seiner Küche herumstanden. Sollte er sie doch selber essen bis zum Platzen. Er konnte das ja, er hatte die Macht, er war der liebe Gott!

In den nächsten Tagen kamen wir nicht mehr dazu, über Himmelsgeschichten nachzugrübeln, denn die irdischen sollten uns hart anpacken. Unser Wohnungswirt setzte uns auf die Straße, weil die Eltern die Miete nicht mehr bezahlen konnten. Die einzelnen Familienmitglieder fanden verstreut Unterschlupf bei Freunden und Bekannten. Ich wohnte bei Tante Mascha, einer alten Russin, die es auf der Flucht vor der russischen Revolution nach Deutschland verschlagen hatte. Wir schliefen zu zweit in einem winzigen Zimmerchen. Meinem Bett gegenüber hing ein Kalender mit einem Bild vom Rotkäppchen, wie es auf dem Weg zur Großmutter durch den Wald spaziert, im Henkelkorb einen schönen Kuchen, und wie der Wolf, versteckt hinter einem Baum, ihr raublustig nachspürt. Meine kulinarische Fantasie machte sich an dem mächtigen Gugelhupf fest, und ich stellte mir vor, dass er mit Mandeln, Rosinen und Nüssen gebacken war und nach Vanille und Zitronen duftete. Das schöne Bild ließ meine Sehnsucht nach der gebratenen Taube allmählich verblassen, und ich gestehe, es auch mit dem Beten damals nicht so genau genommen zu haben; denn ich hatte Zweifel bekommen am Charakter des lieben Gottes und wollte nicht so schnell in seinen Himmel. Mir war inzwischen der Verdacht gekommen, dass die schwarzberockte Papierfrau, die durch einen besonderen Draht mit ihm verbunden war, mich bei dem Allmächtigen angeschwärzt hatte. Also legte ich den lieben Gott zunächst auf Eis.

Meine Schwester Jenni war inzwischen bei der Familie Schmoll untergekommen, die in unserer Straße einen kleinen Fleischerladen besaß. Da gab es schon zum Frühstück Stullen mit Leberwurst und mittags Berliner Buletten mit Quetschkartoffeln. Es dauerte nicht lange, da rundeten sich Jennis Bäckchen, und auch sie schob die Probleme mit der Himmelsmacht auf die lange Bank.

Als es meinem Vater Monate später gelang, Arbeit zu finden, bezogen wir wieder eine gemeinsame Wohnung. Doch es dauerte nicht lange, und der Zweite Weltkrieg brach aus. Er riss uns grausam auseinander und meinen Vater in den Tod …

Nach vielen Jahren, Jenni und ich studierten längst an der Universität, bummelten wir eines Sommertages durch die Stadt, um nach langer Zeit das Haus zu besuchen, wo wir als kleine Rotznasen vor dem offenen Fenster sehnsüchtig auf die gebratene Taube gewartet hatten. Aber das Haus war fort. Bomben hatten es verbrannt. In der Lücke zwischen den Häusern, auf dem freien Platz, war eine hübsche Imbissecke entstanden. Kleine Tische und Bänke luden die Passanten zur Rast ein. Im großen blitzenden Grill steckte, aufgespießt in Reih und Glied, appetitliches Geflügel, Goldbroiler, knusprig braun gebacken und paradiesischen Bratenduft verströmend. Wir ließen uns nieder, und im Nu stellte uns der junge Besitzer, angetan mit weißer Schürze und hoher Kochmütze, das knusprige Geflügel auf den Tisch. Andächtig biss ich in einen zarten Flügel und sagte: »Was meinst du, Jenni, vielleicht hat der liebe Gott unsere Gebete damals doch gehört? Jedenfalls ist der Bratvogel hier von himmlischem Geschmack.« Jenni lächelte fein. »Kann doch sein, die Himmelspost ist so lang unterwegs gewesen. Und was da so alles verloren gehen kann! Vielleicht wollte Gott aber auch erst überprüfen, ob wir seine gebratenen Tauben wert sind. Du kennst doch den Satz: ›Gott hilft auf die Dauer nur dem Tüchtigen.‹«

Ich biss wütend in das Geflügelstück. »Findest du das etwa gerecht?«

Jenni kaute genussvoll und sagte: »Ich weiß nicht. Darüber muss ich nachdenken.«

Sieben Himbeeren und eine Luftmine

Sie hieß Frau Mager, und sie passte überhaupt nicht zu ihrem Namen und zum fünften kargen Kriegsjahr, denn sie war so rund wie ein Fass voll Butter. Ihr Mann, der auf dem Gymnasium den Spruch »Nomen est omen« gelernt hatte, litt unter dem fetten Verhältnis und strebte danach, den Fehler der Frau auszugleichen, sodass er bald wie ein dünner verdorrter Windflüchter aussah.

Ich lernte die wuchtige Dame kennen, als ich, zwölfjährig, mit meiner Mutter an einem hitzigen Tag im Frühsommer knurrenden Magens zu ihr ging, um im Garten des wunderschönen Anwesens Johannisbeeren zu pflücken, für einen Groschen die Stunde. Ich weiß genau, dass meine Neigung zu Hexerei und schwarzer Magie, der ich heute restlos verfallen bin, auf die Bekanntschaft mit Frau Mager zurückzuführen ist. Der Strauch roter Johannisbeeren, den ich abzuernten hatte, stand gegenüber einer Himbeerhecke, an der so dicke und süß duftende Exemplare hingen, wie sie eigentlich nur im Märchen oder im Garten Eden vorkommen dürfen. Meine anerzogenen Vorurteile rechtlichen Denkens schwanden bei ihrem Anblick dahin, und ich fühlte den uralten Atavismus in mir durchbrechen, der hieß: Zuschlagen! Beute machen! Ich weiß genau, dass ich mir sieben dieser Früchte auf der Zunge zergehen ließ, sieben, die magische Zahl, nicht mehr und nicht weniger, und als ich die Hand nach der achten ausstreckte, erstarrte ich vor Schreck, denn hinter der stillen Hecke trat keuchend Frau Mager hervor, und ihre prasselnden Wortkanonen schossen meine Hand von den verbotenen Früchten fort. »Kanaille! Klaujule! Lumpenpack! Raus! Bevor ich die Polizei hole! Hach! Meine schönen Himbeeren!«

Wir verließen eilig das geschändete Paradies, meine ehrliche Mutter leicht gesenkten Hauptes, während ich den Kopf trotzig zurückwarf, rachsüchtige Blicke auf Frau Mager abfeuerte und vor mich hin murmelte: »Ersticken sollst du an deinen Himbeeren! Geizdrache, alter!«

Für den Rest des Tages trieb es mich um, denn das Kreischen der fetten Frau saß mir quälend in den Ohren, und ich fühlte mich von unheimlichen finsteren Kräften angefüllt, die mich fast zersprengten. Um ihnen Auslauf und Richtung zu geben, hypnotisierte ich durch kreisende Bewegungen meiner Hand unser einziges uraltes rotfiedriges Huhn, durchforschte mit selbst gefertigter Wünschelrute die Umgebung unseres Häuschens nach unterirdischen Quellen und Magnetströmen, trieb mir, um Willensstärke zu erlangen, eine ausgeglühte Sicherheitsnadel durch den Daumen der linken Hand und versetzte ein Fadenpendel allein durch den magischen Blick meiner Augen in Schwingungen. Doch erst als ich genau sieben Mal in Richtung des Mager'schen Anwesens ausgespien, die von meiner Großmutter überlieferte heidnische Beschwörungsformel geflüstert und schließlich einen sieben Mal geknoteten schwarzen Bindfaden in schattiger Erde vergraben hatte, fand ich Ruhe.

In der folgenden Nacht ging ein schwerer Luftangriff englischer Fliegerstaffeln auf das Zentrum der Hauptstadt nieder. Eine einzige verirrte Luftmine traf unversehens unseren nördlichen Vorort, fiel auf das Mager'sche

Anwesen und fegte Frau und Herrn Mager mitsamt Johannis- und Himbeersträuchern davon, zersprengte das Haus zu Staub, so als wäre es nie da gewesen.

Als ich am nächsten Tag mit Nachbarn vor dem verwüsteten Grundstück stand, sah ich, dass der Luftdruck der Mine die Kellerdecke des Hauses sauber abgehoben hatte und die Vorräte darunter sichtbar wurden, die völlig unversehrt geblieben waren. Uniformierte schleppten Säcke mit Mehl, Zucker, Grieß und Haferflocken ins Freie, luden Fässchen voll Schmalz und Butter sowie eine Tonne mit Heringen auf einen Militärlastkraftwagen, stapelten Schinken, Speckseiten und Räucherwürste, Kisten mit Büchsenmilch, schöne Weinflaschen, Kaffee- und Teekisten und allerlei Schokoladenherrlichkeiten auf die Ladefläche. Hätte die Obrigkeit diese Vorräte zu Lebzeiten des Ehepaars Mager entdeckt, wären die beiden in die ewigen Jagdgründe geschickt worden, denn auf Hamsterei, so hieß das damals, stand der Tod. So aber hatte höhere Gewalt zugeschlagen. Ich stand, zerrissen von wuchernden Schuldgefühlen, vor der verwüsteten Stätte. Irgendwie grauste mir vor den geheimnisvollen Kräften, die ich ganz offensichtlich besaß und in Bewegung gesetzt hatte. Ich argwöhnte, dass mein rachsüchtiges Wünschen das innere Ohr des gewaltigen Zigarrenrauchers Churchill erreicht und seine Luftmine aus dem fernen England herbeigehext hatte. Meines Erachtens verdiente Frau Mager Strafe. Aber eine derart scheußliche? Die Grausamkeit des von mir im Zorn herbeigerufenen Gerichtes betäubte und verwirrte mich.

Seit diesem Vorfall fürchte ich die Gewalt des eigenen Wünschens und versuche, meine wilden inneren Kräfte auf Positives zu lenken. Ich hexe Warzen, Gürtelrosen und Bartflechten fort, koche Liebestränke und versetze bedauernswerte Chaoten in erholsamen Schlaf. Mit Verwünschungen jedoch bin ich vorsichtig. Denn kenne ich etwa das Maß gerechter Strafe? Nützt Strafe denn überhaupt? ... Ich weiß es nicht.

Saschka

Ich hing an dem Hund. Jetzt ganz besonders, nach den schwarz umränderten Briefen, die uns wie dunkle Vögel ins Haus geflogen waren, meinen Vater und meinen Bruder betreffend. Es war Krieg, Zweiter Weltkrieg. Gerade hatte meine Schwester den Gestellungsbefehl bekommen, der sie notdienstverpflichtete, bei der Flak zu kämpfen. Meine neunzehnjährige Schwester, die zarte Jenni, schön und anmutig wie eine Tänzerin, sanft und fröhlich, eine kleine Sonne. Die Vernichtungsmaschinerie riss sie von uns fort. Man steckte sie in einen hässlichen braunen Arbeitsdienstmantel und in riesige Soldatenhosen, sie hatte nächtens in einem Erdloch zu stehen, um an einem Scheinwerfer zu drehen, wenn Flugzeuggeschwader über den Himmel rasten und Bomben über das Land schütteten.

Auf dem Nähtisch meiner Mutter häufte sich Heimarbeit, rosa und schwarze Spitzenstoffe, aus denen sie Blusen nähte im Auftrag eines überlasteten Fabrikanten, rosa Blusen für die raschen Verlobungen und schwarze für die den Verlobungen folgenden langen Trauerzeiten. Die Pfennige, die sie dafür bekam, reichten nicht, um die ohnehin dürftige Lebensmittelkarte leer kaufen zu können, und so lebten wir damals eher von der geistigen Energie der Kunst, vor allem der Musik Beethovens, der ich damals auf dem Klavier nachspürte, als von handfestem Brot. Die Bissen aber, die wir hatten, teilten wir mit der Hündin Saschka, einem Mischling aus deutschem Dobermann und russischem Jagdhund.

Saschka war für mich mehr als nur ein Hund, sie war mein Zwilling in Tiergestalt, hineingezaubert in ein schwarzbraunes, blankes Hundefell. Ein Halbblut, sagte der Züchter, und ein Halbblut war auch ich. An meiner Wiege hatte meine traumschöne Mutter das ukrainische Lied vom großen Fluss Dnipro und mein norddeutscher Vater die ergreifende Weise vom Lindenbaum am Brunnen vor dem Tore gesungen. Ich liebte Vater und Mutter, den Fluss Dnipro und die Linde am Brunnen, ich liebte beide Sprachen und beide Völker bis in ihr tiefstes Wesen.

Als ich in der Volksschule vom Klassenlehrer die Ahnentafel zum Ausfüllen bekam, hatte ich nachzudenken über allerlei Unterschiede zwischen den Menschen und über den auf dem Doppelbogen prangenden Satz vom Blute, das rein zu halten sei, da es nicht mir gehöre, weil es von fernen Ahnen herkäme und noch weiter fortzufließen habe und mithin als Kleid meiner Unsterblichkeit zu betrachten sei. Es musste in diesem Zusammenhang auch ein Nachdenken durch die Köpfe meiner Mitschüler gegangen sein, denn seit dem Ahnenkundeunterricht tunkten sie mir die Zopfenden ins Tintenfass, riefen mir »Russenmädel« hinterher und lauerten auf mich an einsamen Ecken des Schulweges. Damals entwickelte ich starke Abneigung gegenüber Menschenansammlungen aller Art und flüchtete in mich hinein. Vielleicht gestaltete sich mein Verhältnis zu Saschka auch deshalb so innig.

Eines Tages brachte der Postbote einen Brief, einen Gestellungsbefehl für Saschka. Mein Hund, die sensible, feingliedrige, Musik liebende Saschka, die mitsang, wenn ich das Beethovenstück »Für Elise« auf dem Bechsteinflügel spielte, die mit der Psyche eines Ästheten ausgestattet war, sollte in den Krieg. Im Gestellungsbefehl stand, dass der Hund am 1. März des Jahres 1944, exakt um neun Uhr in der Frühe, vom Gefreiten Müller abgeholt werden würde, um nach dreimonatiger Ausbildung an der Ostfront »für Führer und Vaterland« seine Pflicht zu tun.

Wie ein Panzer rollte der Tag auf uns zu, an dem wir Saschka hergeben sollten, und pünktlich stand an dem gefürchteten 1. März der Abholer, Gefreiter Müller, bedrohlich und feldgrau am Gartentor. Harten Schrittes trat er ins Haus, legte Saschka ein Halsband um und schleifte den widerstrebenden und jaulenden Vierbeiner zum Tor. Noch heute spüre ich den Frost jener Stunde in meinem Herzen.

In den folgenden Wochen pflegte ich mich nach dem Schulunterricht an den Flügel zu setzen, um das sehnsuchtsvolle Stück »Für Elise« zu spielen, weil Saschka es so geliebt hatte. Immer hatte sie sich bei den sanften Tönen vom Platz erhoben und mit schief zur Seite gelegtem Kopf begeistert mitgesungen.

Eines Tages im Juni spielte ich wieder jenes Musikstück und dachte an meine liebe Gefährtin, die ich verloren hatte. Dabei überhörte ich, wie die Gartenpforte ging, und plötzlich sah ich den strengen grauen Gefreiten Müller, den Hundeabholer, mitten im Zimmer stehen, und hinter ihm saß hängeohrig, mit schuldbewusst eingeklemmtem Schwanz, der vierbeinige Soldat Saschka.

Nicht alles verstand ich, was der Gefreite Müller zu meiner Mutter sagte, denn Saschka und ich waren vor lauter Glück wie betäubt. Man habe sich, so hörte ich den Gefreiten schließlich sagen, mit dem Köter vergeblich abgeschunden. Auf dem Schießplatz habe er sich stets feige auf den Rücken gelegt, alle vier Pfoten in der Luft. Zu blöd zum Dressieren das Vieh, schade um den Napf kerniger Haferflocken für so was, eben kein deutscher Hund, keine Rasse, ein Bastard, keine gute deutsche Kugel wert, und nur deshalb bringe er ihn zurück, weil Ordnung sein müsse …

Als der Stiefeltritt des Uniformierten verhallt war, sprang Saschka auf, bellte und jaulte durchdringend, fegte über Tisch und Stühle, legte mir die Pfoten auf die Schulter und fuhr zärtlich mit ihrer Zunge über mein tränennasses Gesicht. Dann aßen wir miteinander ein Stück Brot, und Saschka vergrub etwas davon im Garten. Als ich dann »Für Elise« spielte, legte sie den Kopf schief und sang und sang … Wir musizierten, bis der Mond aufstand und die Sterne sich zeigten. Damals glaubte ich noch, sie könnten uns hören.

Die Tüte

Seit ich die Broschüre über die Pawlow'schen Reflexe gelesen habe, bringe ich die Liebe meiner wunderschönen Hündin Saschka zur Musik mit jener fettfleckigen Tüte aus steifem Packpapier in Verbindung, die ich, damals ging ich in die Volksschule und war zehn Jahre alt, freitags nach dem Klavierunterricht nach Haus zu bringen pflegte, und inzwischen halte ich es nicht für ausgeschlossen, dass diese Tüte auch für mich das auslösende Motiv darstellte, jeden Tag vier Stunden lang Klavier zu üben, um schließlich, unabhängig davon, in der Musik den Sinn meines Lebens zu entdecken. Die Erfahrung mit der Tüte machte es mir später auch leicht, den Zusammenhang zwischen Anstrengung und bescheidenem Wohlstand zu begreifen, den manche Leute einfach nicht einsehen wollen.

Meine Klavierlehrerin hieß Frau Grün, und um ihr romantisches Einfamilienhaus rankte sich bis hoch zum Dach wilder Wein. Der beseligende Hauch von Kunst schwebte wie Veilchenduft über dem Anwesen, und selbst die Tochter meiner Pädagogin, die zwölfjährige bleiche Elfi, glich eher der zarten Muse Polyhymnia als einem irdischen Mädchen aus Fleisch und Blut.

Wenn ich Klavier übte, lag Saschka wie in Trance neben meinen die Pedalen bearbeitenden Füßen, wobei ihr ein sensibles Zittern über Ohren und Nase ging. Griff ich auf der Klaviatur daneben, sprang sie auf, gepeinigt von den Dissonanzen, legte den Kopf schief und schaute mich vorwurfsvoll an, die Stirn tief zerfaltet. Sie begleitete mich bis zur Gartenpforte, wenn ich freitags zur Unterrichtsstunde der Frau Grün ging, folgte mir mit dem Blick, setzte sich nieder und wartete, bis ich heimkam. Sie wusste, ich würde dann eine Tüte in der Hand tragen. Diese Tüte gab mir Frau Grün …

Um in den Besitz dieser Tüte zu gelangen, tat ich alles für die Musik, beachtete jedes Piano und Pianissimo, jedes Fortissimo, Dolce oder Adagio, riss mir den kleinen Finger auf beim Glissando, und mein Stakkato war so spitz, dass es sich stecknadelgleich ins Trommelfell bohrte. Frau Grün würdigte meine Hingabe und besonders meinen musikalischen Bildungshunger, der sich auch darin ausdrückte, dass ich ihr die Notenblätter mit den neuesten Schlagern der Zeit abkaufte, die sie mir stets nachdrücklich anbot. Meine selbstlose Mutter bezahlte diese Musikstückchen wöchentlich ohne Klage, von welchem Geld, weiß ich bis heute nicht. Sie besaß ein feines musikalisches Gehör und sang ihre heimatlichen Volkslieder einzigartig schön, war aber in der Musikgeschichte wenig bewandert, kannte die Namen der großen Komponisten nur flüchtig und war gutgläubig bereit, für die vermeintliche musikalische Weiterbildung der Tochter das letzte Hemd herzugeben. Frau Grün nutzte das aus. Ihre Notenblätter, deren Inhalt wir wie Wochennachrichten aufnahmen, informierten uns über die Zeitläufte im Allgemeinen und Besonderen. So erfuhren wir, dass einmal ein Wunder geschehen würde, nichts einen Seemann erschüttern könne, unter der roten Laterne von St. Pauli ein Mädchen warte, just Hochzeitsnächte im Paradies stattfänden und wovon ein Landser im Feld so träumte … Diese in Töne gefassten

Mitteilungen kosteten uns wöchentlich zwei Deutsche Reichsmark extra, und weil das Geld nicht zum Fenster hinausgeworfen sein sollte, brachte ich auf der Grundlage des angeschafften Materials täglich unser schwarzes Klavier zum Klingen.

Aber zurück zur Tüte. Ihr Inhalt kam von weit her und enthielt Kriegsbeute aus vieler Herren Länder, genauer, die Reste davon. Herr Grün, der Ehegatte meiner polyhymnischen Lehrerin, bereiste nämlich, wie ich erst viel später erfuhr, schwarz uniformiert und mit apokalyptischen Symbolen geschmückt die Welt, genauer, er war auf dem Kriegspfad, und sein fest verwurzelter Familiensinn äußerte sich in fetten Paketen, die die Postfrau Tag um Tag in das Musikhaus schleppte. Die gewaltigen Mengen holländischer Käseköpfe, französischer Gänseleberpastete, belgischen Schinkens aber passten trotz besten Willens nicht in die Mägen der zarten Tonelfen, und manch Amsterdamer Gansschenkel, französischer Camembert oder rotrandiger Edamer wanderte angeschimmelt in die Tüte für den Hund.

Niemals vergesse ich das Glücksgefühl, das mich an einem zauberhaft sonnigen Septembertag erfüllte, als ich eine ganz besonders dicke Tüte erhalten hatte und mit fliegenden Zöpfen nach Hause zu Saschka rannte, unter dem Arm die neue Notenrolle mit dem Zarah-Leander-Schlager »Du hast Glück bei den Frauen, Belami«. Saschka saß in vollkommener Haltung am Tor, wedelte stolz, aber die schwarz glänzende Nase vibrierte vor Aufregung. Ich lehnte mich an die sonnenwarme Holzveranda und fasste in die Tüte. Saschka ließ mich nicht aus dem Auge. Eine dicke Salamischeibe, fettglänzend, noch würzig duftend, reichte ich ihr als Vorspeise, es folgten Schinkenstücke, ein dicker Kanten großlöchrigen Schweizer Käses, eine angeschimmelte Putenbrust, ein anrüchiger Räucheraal, Speckschwarten, Leberwursthäute und eine schwere Halbkugel angegangener Zungensülzwurst. Meine schöne magere Saschka saß aufmerksam vor mir und aß das alles bedächtig, andächtig in sich hinein, dann leckte sie sich die feine Schnauze, gab mir die Pfote und legte sich unter das Klavier. Ich erwähne, dass wir damals von dünnen, fettaugenlosen Quer-durch-den-Garten-Suppen lebten, und ich frage mich, wieso mich in jener Zeit eine solche Schicksalsergebenheit auszeichnete. Nicht einmal der Gedanke kam mir, meine Musikelfen für vom Glück verwöhnt und uns dagegen für benachteiligt zu halten. Nichts davon. Ich sah nur die durch Anstrengung erworbene Tüte für meinen Hund, für die ich mich durch alle Tonleitern samt den dazugehörigen Akkordübungen kämpfte.

Es kam der Tag, an dem ich den letzten Schlager bei Frau Grün kaufte. Er hatte folgenden Text: »Man soll mit dem Feuer nicht spielen. Das ist gefährlich, ich sag dir ehrlich, gib acht! Und wer nicht drauf hört, der muss fühlen. Es kommt oft teuer, was so ein Feuer entfacht …« Heute erscheint mir die Sache mit dem Lied irgendwie prophetisch. Es dauerte nicht mehr lange, und der Kriegsdrache, der die Welt in Brand gesteckt hatte, kehrte in sein Nest zurück, und Deutschland zerfiel zu Asche. Mein Musikunterricht brach ab, die große Stille des Friedens kam über uns.

In jenen Tagen griff Frau Grün zum Messer und schnitt der Schwiegermutter, der zarten Tochter Elfi und sich selbst die Pulsadern auf, um dem Führer getreu in den Tod zu folgen, vielleicht auch aus Angst vor möglicher Vergeltung. Angehörige der Panzertruppen, junge rauchgeschwärzte Soldaten mit roten Sternen an den Mützen, die durch die Häuser zogen, fanden die drei Frauenzimmer in ihren blutigen Betten, und da sie noch atmeten, verstellten die Sieger ihnen den Weg nach Walhalla. Im russischen Militärlazarett zwang man sie gegen ihren Willen ins Leben zurück.

Über Herrn Grün wurde später ruchbar, er habe sich auf einen entlegenen Kontinent zurückgezogen, ohne sich von seiner Familie verabschiedet zu haben. Angeblich soll er dort mit neuem Namen, neuem Gesicht und sogar mit einer jungen Frau ein glückliches Leben führen. Elfi Grün trat später in die Fußstapfen ihrer Mutter. Sie studierte im jungen deutschen Traumländle Musik und zwar die Fächer Klavier und Gitarre.

Wenn ich heute an dem weinumrankten Haus der Grüns vorbeigehe, höre ich es wieder elfisch klingen und singen, ich gehe wohl etwas langsamer, um dem Unterricht zu lauschen, den Elfi ihren Schülern erteilt. Tritt aber zufällig die alte Frau Grün in den Garten, gehe ich rasch davon, denn ich will nicht mit ihr reden. Ich kann nicht. Es kommt mir nicht in die Tüte.

Marjellchen

Auf dem Flügel in meinem Zimmer steht eine Ton-
büste, die den jungen Ludwig van Beethoven darstellt,
ein verschrammtes, vom Zahn der Zeit benagtes Stück,
an dem mein Herz hängt, weil ich eine teure Kindheits-
erinnerung damit verknüpfe. Die Büste kam während
der Hitze des Krieges in unser Häuschen, wo wir am
Rande der Stadt wohnten, und sie war ein Geschenk meiner Tante Johanna, die damals mit ihrer Mutter bei uns
Schutz suchte. Ihre kleine Wohnung lag nämlich mitten
in Moabit, im Zentrum der Metropole; dort brannte
es jede Nacht von den in England und Amerika herge-
stellten Bomben, die Flieger in breiten Todesteppichen
über die Berliner Straßenviertel legten. Die mit Frauen
und Kindern, Kranken und Gebrechlichen überfüllten
Luftschutzkeller wurden zu Folterkammern, zu Stätten
qualvollen Sterbens. Die Verschütteten verbrannten, ver-
bluteten, erstickten, ertranken oder verhungerten unter
den Großstadttrümmern. Unser leichtes Reihenhäus-
chen dagegen stand im Freien zwischen Obstbäumen
und Kohlbeeten, und wir verbrachten, wenn die Todes-
staffeln kamen, den Fliegeralarm stehend im engen Korridor, der uns vor Splittern schützte, und wir wussten,
ein Volltreffer würde uns auf der Stelle und ohne viel
Federlesens ins Jenseits befördern, und das war in jenen
Zeiten eine beruhigende Aussicht.

Tante Johanna, die mir die Beethovenbüste schenkte,
war damals eine junge Malerin und an der Kunstakade-
mie ausgebildet. Vor Ausbruch des Krieges hatten ihre

Bilder, vor allem Blumenstücke, Stillleben und Landschaften aus dem Park Bellevue, bereits das Interesse der Kunstwelt erregt. Aber ihre Möglichkeiten, schöpferisch zu arbeiten, unter Leute zu gehen und für das eigene Schaffen zu werben, waren stark eingeschränkt. Sie geriet immer mehr in die Stille, verkaufte wenig, und der Kunstmarkt vergaß sie mit der Zeit. Diese Entwicklung hing mit ihrer Mutter zusammen, meiner Großtante, deren Mann in den Schlachten des Ersten Weltkrieges umgekommen war. Vor Schmerz und Trauer hatte die Arme den Verstand verloren und brauchte seitdem dauerhafte Pflege und Betreuung. Johanna nahm die Mutter, die sie über alles liebte, in ihre Obhut, ihre Brüder aber, obwohl in gesicherten Verhältnissen lebend, hielten sich heraus. Die angeheirateten Frauen weigerten sich, an solcher Bürde mitzutragen. Meine Großtante, die aus dem schönen Ostpreußen stammte, lebte nun mit Johanna mitten in der Großstadt, in einer Hinterhofwohnung, wo sich der Zustand ihres Gemütes von Tag zu Tag verschlimmerte. Ständig versuchte sie zu fliehen, wollte heimkehren, und ihr verwirrter Sinn suchte nach seltsamen Möglichkeiten, der vermeintlichen Gefangenschaft zu entkommen. Johanna musste zu jeder Stunde ein Auge auf sie haben und kam zu ihren Bildern nur noch in der Nacht, wenn die Mutter schlief. Doch brauchte die Malerin für ihr Werk das Licht des Tages, in dem die Farben der Blumen und Landschaften aufleuchten. So war es ein Glück für sie, dass meine Mutter sie einlud, eine Weile bei uns zu wohnen und im Garten zu malen. Ich aber sollte nach dem Schulunterricht die Kranke betreuen.

Der Tag kam, da ich der Großtante gegenüberstand, und ihre Schönheit beeindruckte mich tief. Sie war von zierlicher Gestalt, der Bund des ungebleichten gefältelten Leinenrockes umschloss fest die mädchenhafte Taille. Das hellsilberne glatte Haar war zu einem tiefen Nackenknoten geschlungen, und die Augen glichen dem Blau des klaren Wassers, an dessen Saum sie gelebt hatte. Sie stammte aus jener Gegend, wo jahrhundertealte Geschichte Deutsches, Litauisches und Polnisches miteinander verknüpft hatte, wo die Weite der Landschaft, der Zauber der Bernsteinküste einzigartige Menschen hervorgebracht hatte, die Philosophen Kant und Herder, die Malerin Käte Kollwitz, den Dichter Johannes Bobrowski, aber auch jenen listigen, heiter-traurigen Wilhelm Voigt, der als Hauptmann von Köpenick der Bürokratie ein Schnippchen schlug und die Welt zum Lachen brachte.

Großtantes Blick machte sich langsam an mir fest und umfloss aufmerksam meine dreizehnjährige Gestalt. Er verweilte auf meinen dicken blonden Zöpfen, und ich sah ihr an, dass dabei Bruchstücke ihrer Erinnerung in Bewegung gerieten. Mit unsicher tastenden Händen berührte sie mein Haar, ein zerbrochenes Lächeln ging über ihre Züge, und sie, die jahrelang geschwiegen hatte, murmelte leise und undeutlich ein Wort, das aus ihrer Heimat stammte: »Marjellchen …« Unendlich liebevoll umfing mich ihr blauer, verwunschener Blick, dass ich mit leisen Fingern ihre Wangen streicheln musste. Von dem Augenblick an suchte die Großtante meine Nähe. Sie sah mir zu, wenn ich Schularbeiten machte, lauschte meinem Klavierspielen, sie beobachtete mich, wenn ich im Garten einen Strick zwischen zwei Bäume spannte und darüber sprang. Nur von mir ließ sie sich zu den Mahlzeiten Brotbröckchen oder den Löffel mit Suppe in den Mund schieben. Abends folgte sie mir willig, wenn ich sie die schmale Treppe hinauf ins Schlafzimmer führte. Wehe den anderen Familienmitgliedern, die das versuchten. Dann schlug Großtante um sich, kratzte und schrie, warf sich auf den Boden, und es gab Gerangel und Gekreisch, dass die Nachbarschaft zusammenlief. Ganz besonders liebte sie meine Poesiealben und Tagebücher, vor denen ich manche Stunde saß, Notizen machte, Fotos und getrocknete Blumen einklebte. Sie wies dann mit den Fingern auf die Bilder und auf mein Gesicht, lächelte spitzbübisch, dass ich die reinen zahnlosen Kiefer sah. Verschloss ich mit den kleinen Schlüsseln die Bücher wieder, nickte sie zustimmend und setzte ein wichtiges Gesicht auf.

Folgte Großtante mir nicht gerade auf den Fersen, dann saß sie gern auf der Bank vor dem Haus und sortierte den Inhalt ihres Teekessels. Den großen runden Aluminiumkessel ließ sie nie aus den Augen, nahm ihn zum Schlafen auch mit ins Bett und verbarg ihn unter den Kissen. Das Gefäß enthielt Dinge, die sie für Schätze hielt. Da waren Wollknäuel, Garnrollen, Häkelhaken, Kämme, Knöpfe, Gummiband, Papierstückchen, Löffel, Taschentücher und ein aus feinem Stroh geflochtener, zerknitterter, zusammengefalteter Strohhut mit blauem Samtband.

An einem besonders schönen hochsommerlichen Tag hatte die Großtante ihre Kostbarkeiten auf der Bank ausgebreitet. Sie untersuchte jedes einzelne Ding und stopfte dann alles wieder in den Teekessel zurück. Johanna saß glücklich versunken im Garten an ihrer Staffelei, sie malte an einem ihrer schönsten Bilder, an einem Blumenstück mit Schneebeerenzweigen, Ringelblumen, blauen und roten Sommerastern und leuchtendem Goldlack, so sommerprall, duftig und die lebendige Kraft der Schöpfung widerspiegelnd, wie ich kein besseres gesehen habe. Ich ging kurz ins Haus, um mein dickes Märchenbuch zu holen, denn ich wollte Sommerblumen und Blätter darin pressen. Als ich wieder hinausging zur Großtante, war die Bank leer. Ich suchte Haus und Garten ab, schaute in die Nachbargrundstücke, umsonst. Die Großtante war nirgends zu finden. In schlimmer Aufregung sprang ich auf mein Fahrrad, jagte durch die Nebenstraßen der Siedlung, fragte Leute nach ihr. Die Großtante war wie vom Erdboden verschwunden. Wo konnte sie nur sein? Da erinnerte ich mich, dass wir vor einiger Zeit einen Spaziergang in das kleine, stille Nachbardorf unternommen hatten, eine Wegstunde entfernt von unserem Haus, zu dem eine alte Kastanienallee führte und das rings von Feldern umgeben war, auf denen reifendes Getreide stand. Die Großtante war am Feldrand stehen geblieben, ihre Hände hatten immer wieder das Korn berührt, und Tränen waren ihr über die Wangen gelaufen. Und Johanna hatte zu mir gesagt: »Sie denkt vielleicht, dass sie wieder zu Hause ist. Wie hat sie die weiten Sommerfelder ihrer Heimat geliebt!« Plötzlich war ich mir sicher, die Großtante dort suchen zu müssen. Ich hetzte auf dem Fahrrad die Kastanienallee entlang, durch das Dörfchen hindurch, vorbei an der mit Efeu bewachsenen Friedhofsmauer, die die kleine verträumte

Schinkelkirche umschloss, bis hin zu jenem Sommerweizenfeld, an dem sie neulich gestanden hatte. Und … ich entdeckte sie. Sie war drei, vier Schritte ins Feld hineingegangen und saß mitten in der goldenen Ährenpracht. In den Händen hielt sie blaue Kornblumen und feuerroten Mohn, aus denen sie vergeblich einen Kranz zu binden versuchte. Neben ihr stand der Teekessel, und das zerdrückte Strohhütchen saß ihr schief auf dem silbernen Haar. Aufatmend ließ ich das Fahrrad ins Gras fallen, setzte mich neben sie und flocht ihr den Kranz.

Als die beiden Enden fest miteinander verbunden waren, nahm sie ihn mir behutsam aus den Händen und setzte ihn auf mein Haar. Der Anblick gefiel ihr sehr, denn sie legte den Kopf zur Seite und lachte stumm mit dem zahnlosen Mund von einem Ohr zum anderen. Ich lachte auch. Angst und Spannung fielen von mir ab, und wir waren beide so glücklich, wie man im Leben überhaupt nur sein kann. Über uns sangen die Lerchen, das Korn duftete, und die Sonne schien.

Doch es wurde Zeit heimzugehen, bestimmt war Johanna schon längst in Sorge um uns. Aber ich hatte Mühe, Großtante zum Aufbruch zu bewegen. Sie hatte sich bäuchlings ins Korn gelegt und hielt die Augen geschlossen. Meine Bitte, jetzt mit mir nach Hause zu gehen, prallte von ihr ab; sie setzte ihre verschlossene Miene auf und wurde ganz und gar unzugänglich. Da fiel mir ein, dass mein Gesang auf Großtante immer eine gute Wirkung gehabt hatte, vor allem wenn ich Volkslieder sang, die sie von früher her kannte. So verstaute ich denn mein Fahrrad im Gebüsch des Feldrains und stimmte ihr Lieblingslied an: »Am Brunnen vor dem Tore, da steht ein Lindenbaum. Ich träumt' in seinem Schatten so manchen süßen Traum. Ich schnitt in seine Rinde so manches liebe Wort, es zog in Freud und Leide zu ihm mich immerfort …«

Nach wenigen Augenblicken schon öffnete Großtante die Augen und lächelte mich an. Singend streckte ich ihr die Hände entgegen, die sie ergriff, sodass ich ihr aufhelfen und sie aus dem Feld führen konnte. Hand in Hand machten wir uns auf den Heimweg, sie mit ihrem zerdrückten Hütchen, ich mit dem Sommerkranz auf dem Kopf; sie hielt ihren Teekessel wie einen kostbaren Schatz im Arm, während ich sang, was das Zeug hielt und so laut ich konnte, um sie von Widerspenstigkeiten abzulenken. Immer nach der letzten Strophe fing ich das Lied von vorne an und sang so weiter bis zur Atemlosigkeit. Die Leute schauten uns nach, kopfschüttelnd oder lächelnd, ein paar Kinder folgten uns johlend mit dem Zeigefinger an der Stirn.

Am Gartentor übergab ich der besorgten Johanna meinen Schützling. »Wir waren spazieren«, sagte ich so selbstverständlich wie möglich, huschte ins Haus und begann in Fortissimo Tonleitern auf dem Klavier zu üben.

In der folgenden Nacht raste die Kriegsfurie wieder über den Himmel und verwandelte große Teile der Metropole in Leichenfelder. Wir verließen den schützenden Korridor, traten an die Fenster und schauten zum Himmel empor, der von Leuchtmunition strahlte. Sogenannte Weihnachtsbäume entfalteten ihr grelles Licht, brennende Flugzeuge mit langen Rauchschwaden geisterten durch den Luftraum, der Tod feierte. Die

Großtante war durch das Getöse, die Flammen und den Brandgestank ganz außer sich geraten, sie schrie, weinte, schlug um sich und versuchte zu entfliehen. Wir mussten alle Kraft aufwenden, um sie zu bändigen. Erst am Morgen, als das mörderische Feuerwerk verlosch und die Sirenen Entwarnung gaben, schlief sie erschöpft in Johannas Armen ein.

Seit diesem Luftangriff fand Großtante keine Ruhe mehr. Sie durchstreifte geschäftig den Garten, schaute suchend unter Büsche und Bäume und bestückte ihren Teekessel mit allerlei Gegenständen, die sie aus meinem Nähkorb und aus der Besteckschublade nahm. Eines Tages vermisste ich meine Poesiealben und Tagebücher. Steckte die Großtante dahinter? Aber auch der Teekessel, den sie stets bei sich trug, war plötzlich fort. Am Abend beobachtete ich, dass sie während der Mahlzeit heimlich Brot in die Rocktasche steckte und später damit in den Garten schlich, immer spähend, ob ihr jemand folgte. Am Komposthaufen, wo der Stallmist unserer Hühner und Enten abgelagert wurde, hockte sie sich nieder und grub mit bloßen Händen etwas aus. Es war der Teekessel. Sie nahm das versteckte Brot aus der Rocktasche und verbarg es im Kessel, den sie wieder sorgfältig vergrub. Ich folgte ihr heimlich zur Regentonne, in der Brennnesselbündel schwammen, Gießwasser gegen Blattläuse und sah, dass sie die alten Gartenstiefel meines Vaters, die im Schuppen gelegen hatten, darin versenkte. Diese Verrichtungen beruhigten die Großtante, und sie ließ sich danach widerstandslos ins Bett legen. Als sie schlief, durchsuchten wir Kompostgrube und Regentonne genauer und entdeckten allerlei Haushaltsgegenstände und

Kleidungsstücke, auch meine Poesiealben und Tagebücher, Dinge, die der Großtante besonders lieb waren und die sie vor Dieben und Plünderern hatte in Sicherheit bringen wollen. Johanna erzählte, dass im Ersten Weltkrieg marodierende Soldaten das Land durchzogen hätten. Damals versteckten die Dorfbewohner ihre Wertsachen, Geld, Schmuck, Fotoalben, Porzellan, auch Waffen im Misthaufen oder Jauchefass. Der schwere Luftangriff muss in Großtantes verwirrtem Sinn jene Zeiten heraufbeschworen haben, und sie hatte versucht zu retten, was zu retten war.

In den nächsten Tagen vollendete Johanna das herrliche Bild mit den Sommerblumen, auch ein Ölporträt von meiner Mutter und einige Aquarelle, auf denen sie Morgenstimmungen des Gartens festgehalten hatte. Sorgfältig verpackte sie die Bilder und fuhr in die Metropole, um sie rahmen zu lassen, denn sie wollte die Arbeiten einem Galeristen anbieten. An jenem Tag aber, da sie dem Rahmenmacher die Bilder übergab, ging wieder ein Luftangriff amerikanischer Bomber auf die Stadt nieder, vernichtete Tausende von Menschen und auch die kleine Werkstatt des Rahmenmachers mit Johannas einzigartigen Schöpfungen.

Getroffen von dem Verlust, erkrankte Johanna schwer. Einer ihrer Brüder verschaffte ihr einen Kuraufenthalt in einer stillen Waldgegend, die bisher von Bombenangriffen verschont geblieben war. Der Bruder und seine Frau erklärten sich bereit, die Pflege der Großtante zu übernehmen, und holten die alte Frau eines Vormittags mit einem Auto ab. Als ich aus der Schule kam, fand ich die Bank vor der Veranda leer. Nur der Teekessel stand da, wo sie so gern gesessen hatte. Ich fragte mich voller Unruhe, wie die Großtante denn jenen gehüteten Gegenstand, der all ihre Schätze enthielt, hatte vergessen können.

Wenig später erfuhr ich, dass Großtante tot war. Die Abwesenheit Johannas ausnutzend, hatte die Schwiegertochter der Großtante hinter dem Rücken ihres Mannes einen Arzt bestellt, der die verwirrte Kranke untersuchte. Seine Diagnose lautete: Unwertes Leben. So wurde meine Großtante aus der Welt gebracht, wenige Monate vor Kriegsende.

Die Beethovenbüste auf meinem Flügel bringt mir die unglaubliche Geschichte in den Sinn zurück. Und ich höre das undeutlich, aber so liebevoll geflüsterte Wort »Marjellchen …« und fühle den Sommerkranz in meinem Haar.

Spiegel mit Goldrahmen

Der Spiegel mit Goldrahmen stand in der schmalen Veranda des Siedlungshauses auf dem glasharten grünlichen Zementfußboden, den mein Vater noch eigenhändig gegossen hatte, bevor er in den Krieg musste und dort umkam. Die Wände der Veranda waren mit Kalk geweißt. An der längeren Seite hatte eine alte Singer-Nähmaschine auf gusseisernem Gestell ihren Platz. Der Raum wäre kahl gewesen, hätte nicht jener mannshohe geschliffene Kristallspiegel dort gestanden, eingerahmt von geschnitztem vergoldeten Blütengezweig, aus dessen Mitte er wie ein unirdisches schönes Auge in die karge Welt meiner Kindheit strahlte. Die Mutter hatte ein altes großes Bodenglas vor den Spiegel gestellt, das sie mit selbst gezogenen Gartenblumen füllte, kunstvoll geordnet. Die weißen Kosmeen und samtigen roten Fuchsschwänze liebte ich besonders. Die Sträuße spiegelten sich wider auf dem kristallenen Grund und erschienen golden gerahmt als fertige Blumenstücke. Ich saß oft in meiner einmaligen kleinen Kunstgalerie, in den Anblick der Bilder versunken, verglich die Naturschönheit der Blumen mit ihren Abbildern und vermochte nicht zu entscheiden, ob der Natur oder der Kunst Vorrang gebührte. In all dem Schauen wanderten meine Gedanken doch auch immer wieder hin zu Fräulein Pohl …

Fräulein Pohl nämlich hatte uns jenen Spiegel vererbt, eine ältliche, verarmte, gichtkranke Frauensperson, die von meiner Mutter aufgenommen und bis zu ihrem schmerzvollen Hinscheiden betreut wurde. Ein verliebter junger Baron hatte ihr einst, als sie noch schön und knospig war, das kristallene Prunkstück geschenkt. Jedoch verrauchte seine Tollheit schnell, und Fräulein Pohl, die aus einem bürgerlichen Nest stammte, wurde von dem adligen Herrn mit einer Abfindung in die Wüste des Lebens entlassen. Damals fuhr dem armen Geschöpf der Kummer ins Herz und die Gicht ins Gebein. Es schlug sie nieder, sodass sie verblich lange vor ihrer Zeit.

Der schöne Spiegel überstand, es war wie ein Wunder, den Krieg, obwohl bei Tag und Nacht die Wände unseres Häuschens erzitterten von den auf dem Feld hinter der Straße geifernden Flakgeschützen und trotz der Stabbrandbomben, die garbenweise auf das Anwesen niederfielen. Der echte Gegner erwuchs meinem Spiegel erst in der dem Krieg folgenden stilleren Zeit, und zwar in Gestalt eines gewissen Herrn Orgum. Dieser war aus einem entfernten blühenden Erdteil in das deutsche Ruinenland heimgekehrt, ein Mann in besten Jahren, und er betätigte sich just an jener Universität als leitender Pädagoge, wo ich, durch Zeitläufte, mütterliche Erziehung und nicht zuletzt durch die positive Wirkung meines Zauberspiegels zum Lernen und Nachdenken angeregt, versuchte, in einem Vorkursus das Abitur zu erlangen.

Herr Orgum unterrichtete in meiner Klasse Mathematik, sein Spezialgebiet war die Geometrie, vor allem die analytische und besonders die feminine, sofern sie Personen unter zwanzig betraf. Mit Asymptoten, geraden Linien, die sich einer Kurve dauernd nähern, um sie höchstens in der Unendlichkeit zu berühren, befasste er sich nur gezwungenermaßen. Direktes Draufzu und Mittendurch, Berührungspunkte sowohl von Kurven als auch von gleichschenkligen Dreiecken, besonders Probleme potenzieller Deckungsgleichheit geometrischer, möglichst abgerundeter Figuren fesselten ihn ungemein. Irgendein geheimnisvoller X-Wert muss damals auch in meiner persönlichen achtzehnjährigen Geometrie verborgen gewesen sein, der den Wissensdurst des Kurvenspezialisten entflammte, denn nicht von ungefähr tauchte Herr Orgum eines Tages in unserem Siedlungshäuschen auf, und ich spürte seine Absicht, meine ihm noch unbekannte Wertgröße zu entschleiern. Wir gingen durch die Veranda zur Stube, und der Blick des Herrn Orgum fiel auf den Spiegel, in dem er sein Konterfei, von verspieltem goldenen Gerank umgeben, vorfand, was ihm irgendwie unbehaglich zu sein schien. Auch ich sah, dass das Mannsbild im Rahmen ästhetisch viel weniger hergab als die Blumenstücke meiner Mutter mit den Margeriten, Kosmeen und Fuchsschwänzen, denn Herr Orgum glich mit seiner in die Stirn hängenden dunkel fettigen Haarsträhne, dem senffarbenen Gesicht und dem wendig krummen Rücken ein wenig dem Gottseibeiuns aus meinem alten Märchenbuch, dem der listige Schmied den haarigen Schwanz an der Tür festnagelt.

Der Mathematiker streifte den Spiegel mit verächtlichem Blick und schoss Salven eifernder Sätze in mein Gemüt. »Spießig! Kleinbürgerlich! Damit liegst du ja total schief! Glaubst du, Karl Marx oder Wladimir Iljitsch Lenin hätten sich mit derart dekadentem Gerümpel das Gehirn verkleistert? Wo bleibt dein Klassenstandpunkt? Pass auf, dass du nicht auf der anderen Seite der Barrikade landest!«

Herr Orgum erklärte mir nachdrücklich, dass ich allen

Grund hätte, mich mit Haut und Haaren an die Fackelträger der neuen Gesellschaft anzuschließen, zumal alle Deutschen, die während der braunen Herrschaft im Lande geblieben und lebendig davongekommen waren, sich ausnahmslos und bis in alle Ewigkeit mit unabwaschbarer Kollektivschuld beladen hätten. Nur durch revolutionäre Taten, totale Hingabe und materielle Entsagung sei eine gewisse Strafmilderung möglich.

Die Wortmagie meines Lehrers traf mich schwer, und ich fühlte mich schuldig. Von einer Stunde zur anderen verwandelte ich mich aus einer Gold- in eine Pechmarie. Schüchtern versuchte ich mich mithilfe eines bekannten Zitats von Herrn Dschugaschwili zu verteidigen, der gesagt hatte, dass gewisse Herrscher kämen und gingen, das deutsche Volk aber bliebe. Auch sei ich doch in jenen Jahren, als das Böse geschah, noch ein unmündiges Kind gewesen … Herr Orgum blies all meine Argumente in den Wind und buckelte mir die Verbrechen und Finsterlichkeiten deutscher Geschichte säckeweise auf. Ich spürte genau, er rechnete damit, dass der in mir wachsende Schuldkomplex meine Bereitschaft zur restlosen Hingabe an die fortschrittliche Gesellschaft, die er persönlich in ihrer Totalität zu verkörpern meinte, befördern müsste und dass er, der Herr Orgum, dann endlich meinen X-Wert würde offenlegen können.

In einem Punkt stimmten des Mannes Berechnungen. Die schöne Kreisfläche meines mädchenhaften Selbstbewusstseins zersplitterte, löste sich in scharfkantige, hässliche, vielzackige Figuren auf, wurde zu geometrischem Müll. Orgums Hassfluch erreichte mich in meiner Butterkrebszeit , setzte sich unter der Haut fest und sondert dort bis auf den heutigen Tag Gift ab.

Im zweiten Teil seiner Berechnungen aber vertat sich der Stratege gewaltig, da ich, erzogen von meiner strengen bäuerlichen Mutter, mein individuelles X in der Nähe des Wertes Unendlich versteckt hielt und nicht im Entferntesten daran dachte, mit dieser heiligen Münze für die deutsche Kollektivschuld zu bezahlen. Aber zahlen musste ich, das leuchtete mir ein. Ungeschoren würde Herr Orgum mich nicht davonkommen lassen. Auch war damit zu rechnen, dass meine klassenfeindliche Verhaltensweise sich in der Mathematikzensur widerspiegeln würde, von der das Abitur abhing. Ich war zu Opfern entschlossen.

Als meine diplomatische Mutter eine Flasche mit selbst gebranntem Wodka auf den Tisch stellte, milderte sich der Zorn des Mannes, zumal sich sein hurtiger Blick an den Zuckerhüten meiner jugendlichen Oberweite verfangen hatte und er die Gelegenheit nutzte, mit mir einen verbalen Bildungsausflug in die mathematische Landschaft der Sinuskurven zu unternehmen. Dabei erfuhr ich, dass die Vokabel *sinus* aus dem Lateinischen stamme und eigentlich Busen, Höhlung oder weiter Blutraum bedeute. Als Herr Orgum mir schließlich den Verlauf von Sinuskurven handgreiflich und körpernah zu erklären versuchte, schritt meine furchtlose Mutter nochmals ein und verwies den gelehrten Mann des Hauses.

An einem der folgenden Tage bestellte der Pädagoge mich in das Amtszimmer. Er belehrte mich, dass meine Zöpfe, sie reichten mir bis in die Kniekehlen und schimmerten golden, kleinbürgerliche Attribute darstellten.

Dies gelte auch für meine schwarze Tuchjacke mit Persianerbesatz. »Denk darüber nach! Auch über den Spiegel!«, sagte er, und sein Blick machte sich klebrig an meinem Körper fest.

Seit diesen Begegnungen hatte ich ein getrübtes Verhältnis zu meinem Spiegel. Ich konnte ihm nicht mehr reinen Herzens ins klare Auge schauen. Des Lehrers Etiketten hafteten auf meiner Seele, erzeugten Schuldgefühle und Gewissensnotstand. Mein Zustand verschlimmerte sich von Tag zu Tag. Es war ein trüber Sonnabend, an dem ich mich entschloss, dem Jammer ein Ende zu machen und Opfer zu bringen. Ich ging zum Friseur, ließ mir die langen Zöpfe abschneiden, das Haar bis oberhalb der Ohren stutzen und den Nacken ausrasieren, sodass ich im Handumdrehen einer Vogelscheuche glich. Meine reaktionäre Persianerjacke wanderte in den Kachelofen. Vor Schmerz heulend löste ich den goldenen Rahmen vom Spiegel, zerhackte die zarte geschnitzte Schönheit auf dem Hauklotz der Revolution und lehnte das entwimperte Kristallauge mit der blinden Seite nach außen gegen die Kalkwand der Veranda.

Am Wochenende hatte Herr Orgum die Stirn, mich trotz des Hinauswurfes wieder aufzusuchen, um mit der ihm anhaftenden Dreistigkeit seinen Tribut hinsichtlich meines zu entschlüsselnden X-Wertes einzufordern, und ich glaube, dass er sich des Erfolges seiner Taktik ziemlich sicher war. Als er die Veranda betrat, wies ich stolz auf meinen kahlen Nacken, zeigte ihm die verkohlte Asche meiner Persianerjacke und führte ihn schweigend zu dem zerhackten Spiegelrahmen im Hühnerhof. Alle Angst verwerfend, verschoss ich ganze Garben blauer zorniger

Blicke mitten hinein in das senfgelbe Gesicht des lüsternen Mannsbildes. Irgendwie dämmerte es schließlich dem Herrn Orgum, von der Lösung der Gleichung mit meinem individuellen X unendlich weit entfernt zu sein, und so entfernte er sich endlich für immer aus unserem Haus.

An jenem Tag stieß ich in meiner Aufregung unversehens an den rahmenlosen Spiegel, der klirrend in Stücke brach. Das Kristallauge erlosch, meine schöne Kindheitsgalerie schloss für immer.

Beim Abitur fiel ich trotz guter Noten wegen angeblicher charakterlicher Unreife durch. Ein halbes Jahr später bestand ich die Prüfung in einer anderen Klasse, bei einem anderen Lehrer. Von einer Studentin, die dem Herrn Orgum ihre individuellen Sinuskurven zur näheren Betrachtung zur Verfügung gestellt hatte, weil sie trotz ihrer bemerkenswerten Begriffsstutzigkeit in der Mathematikprüfung die Kurve kriegen wollte, erfuhr ich, dass die Wohnung des spartanischen Herrn mit kostbaren alten Möbeln vollgestopft war, auf denen seine dickleibige, unpolitische Frau morgens und abends gewissenhaft Staub wischte.

So viele Jahre sind seit jener Geschichte vergangen. Aber wenn ich an meinen Spiegel denke, an seine klare Tiefe, an die goldenen geschnitzten Blütenwimpern, an meine versunkene Galerie göttlicher Blumenstücke, packt mich Traurigkeit.

Die Ziege

Ich weiß nicht, woran Sie denken, wenn Ihnen eine Ziege über den Weg läuft, ich meine eine richtige Ziege, die Kuh des armen Mannes, eine Geiß, gelehrt Capra, kindgemäß Meckmeck, so eine.

Wenn ich eine Ziege sehe, ertönt in mir ein Alarmsignal. Um die Milch des frommen Tieres mache ich einen Bogen, denn sie wirft mich glatt um. Eine Ziege ist für mich ein Konfliktsymbol, ähnlich dem rot umrandeten gleichseitigen Dreieck am Straßenrand, das den Autofahrer auffordert zu bedenken, wer hier die Vorfahrt hat.

Diese Prägung widerfuhr mir in jenen Tagen, als schon bald nach dem Krieg die große Ruinenstadt Berlin wie eine Torte in zwei Hälften, eine östliche und eine westliche, zerschnitten wurde, als drüben das Goldene Kalb, geschmückt mit den Fähnchen der drei Alliierten, seinen Einzug hielt, einen Triumphwagen voll Bananen, Matjeshering, Kaffee und Seife hinter sich herziehend, während hüben im Lichte der Morgenröte das goldene Traumbäumchen gepflanzt wurde, das, dünn und klein, anfangs nur wenig Äpfel abwarf, an denen sich vor allem manch scheinheiliger Gärtner selbst satt aß und das Volk nicht so viel zwischen die Zähne bekam. Die Menschen der Stadt zerfielen in zwei Gruppen: die Sattmägen und die Knurrmägen. Meine Mutter und ich stellten eine Sondervariante der Knurrmägen dar, denn wir hatten eine Ziege. Wir fütterten die Ziege mit Kastanien, aus denen sie Milch herstellte, Gehirntreibstoff für mich, die ich gerade die ersten Schritte auf der rauen Straße zu höherer Universitätsbildung, per aspera ad astra, versuchte. Ermutigt und gestärkt durch die biochemischen Leistungen unseres Weißfellchens, beschlossen wir, eine zweite Ziege anzuschaffen, um den Mechanismus der grauen Zellen mit guter Ziegenbutter zu fetten und die fünf Jahre lange Strecke durchzuhalten. Unsere Verhandlungen mit fröhlichen Landsleuten gediehen hoffnungsvoll, und eines Tages bekam ich die Zusage, für den Preis von zwei Monatsstipendien und der ererbten goldenen Uhr meines Vaters die Ziege abholen zu dürfen. Ich machte mich mit meiner Studienfreundin Felicitas auf den Weg ins Dorf an den Havelwiesen, um die angorawollige Ernährerin in Empfang zu nehmen.

Felicitas, wegen ihrer im Bereich des Goldenen Kalbes lebenden Verwandtschaft zu den Sattmägen gehörend, war ein graziles Wesen von durchscheinender, wenn nicht gar jenseitiger Schönheit. Die Gesichtshaut war wie aus weißer japanischer Seide zugeschnitten, die aquamarinblauen Augen flammten überirdisch, und sie wirkte schwerelos. Ein zarter Schein schien von ihr auszugehen wie Licht von Narzissen. Bis heute begreife ich nicht, was jene Nymphe dazu verführte, die unbequeme Hochschulbank zu drücken und am harten Brot der Wissenschaft zu nagen, warum sie mir gewogen war und wieso sie mich ausgerechnet zu den Havelwiesen begleiten und den Ziegenhandel miterleben wollte. Vielleicht war ihr im Schlaf das Blätterrauschen unseres östlichen Goldenen Traumbäumleins in die noch unbefestigte Seele gedrungen, vielleicht hatten die an der Universität stattfindenden Versammlungen der freien Sonnenjugend soziale Gefühle oder Verbrüderungswünsche mit dem werktätigen Volk in ihr geweckt, wie auch immer, wir nahmen nach erfolgreichem Handel die Ziege abwechselnd an den Strick, um sie nach Hause zu bringen. Allerdings kamen wir nur langsam voran, da die Geiß nach stickigen Stalltagen sich schlicht und intensiv des Lebens freuen, Gras und Kräuter rupfen wollte und die würzige Luft genoss. Als die kühlen Flusswiesen in trockene Heidelandschaft, voll von Erikaröschen, übergingen, hatte die Sonne ihren höchsten Stand erreicht, und Felicitas, das Hauchwesen, wurde matter mit jedem Schritt. Je heißer die Sonne brannte, umso deutlicher spiegelten sich Qual und Schmerz auf ihrem Gesicht, der Atem ging keuchend, trübes Wasser tropfte ihr von der Stirn, taumelnd hielt sie sich am Strick fest, sodass schließlich nicht Felicitas die Ziege, sondern die unbekümmerte weißfellige Kreatur das angewelkte Menschenwesen durch die unerbittliche Sommerlandschaft zog.

Als wir das Milchtier endlich im Hause hatten, griff meine Begleiterin zum Spiegel, beschaute sich und sank mit einem Aufschrei auf das Sofa, denn sie sah, dass die Sonnenstrahlen die weiße Japanseide ihres Gesichtes in erikaroten groben Cotton verwandelt hatte. Stöhnend lag sie da, geschlossenen Auges und flüsterte mit wutverzerrtem Gesicht: »Mein Teint! Oh Gott, mein schöner weißer Teint! Entsetzlich! Das ertrage ich nicht! Und alles wegen dieser dämlichen stinkenden Zicke!«

Um die Freundin zu trösten, äußerte ich, der rustikale Farbton stünde ihr eigentlich gut, rot sei doch auch eine ausdrucksvolle Couleur, sie sähe damit irdischer aus als vorher, mehr wie von dieser Welt eben, das hätte durchaus seinen Reiz.

Felicitas lächelte verächtlich und befahl mir, schleunigst saure Ziegenmilch aus dem Keller zu holen. Sie meinte unsere Mittagsmahlzeit für den nächsten Tag, aus der sie eine bleichende Kompresse zu fertigen gedachte gegen die zu befürchtenden Sommersprossen und zur Vertreibung der dunklen Pigmentstoffe aus ihrer verfärbten Seidenhaut. Ich gestehe, dass ich nur widerstrebend gehorchte und lediglich die Hälfte der Milch auf dem Altar der Schönheit opferte. Das seelische Leid der Freundin durchbrach die harte Kruste meines Herzens nicht, und die Milchportion reichte nicht aus, um den Schaden vollständig zu beheben. Oh, wie wenig verstand mein damals grober Sinn vom Wert der Schönheit und von der Bedeutung des Höheren! Auch ahnte ich nichts von den schwerwiegenden Folgen meines Geizes. Ich hatte wie ein Mensch gehandelt, der die Freuden des Bauches über den ästhetischen Genuss stellt.

Später erfuhr ich, dass jene Verfärbung des feinen Gesichtes, die zu beseitigen in meiner Hand, in meinem Milchtopf gelegen hatte, die Ursache dafür war, dass Felicitas' große Liebe zerbrach. Unser viel verehrter Ästhetikprofessor, der sich dem bleichen Alabasterwesen huldvoll zugeneigt hatte, wandte sich von einer Stunde zur anderen kalt von ihr ab. Das vulgäre Rot ihrer Wangen habe alles verdorben, sagte er, sie sehe wie ein Landei aus, und alles Rote sei doch irgendwie suspekt, jedenfalls seiner Meinung nach.

Ich verdiente es, dass Felicitas mir ihre Freundschaft entzog, auch den Kursen der Sonnenjugend künftig fernblieb und ihren Sinn zunehmend auf Jenseitiges richtete.

In den folgenden Jahren der Reue sah ich mich nicht selten vor den Konflikt gestellt, entweder dem Höheren, der Schönheit, zu dienen oder dem Bauche. Ich schwanke nicht mehr, da mir in solchen Situationen warnend das Bild einer Ziege in sonniger Heidelandschaft vor dem geistigen Auge erscheint. Nur in nächtlichen Albträumen zerreißen mich noch immer heftige Zweifel, vor allem wenn mir der frivole Brecht-Spruch durch den Kopf rattert: »Erst kommt das Fressen, dann kommt die Moral.« Nein, wirklich, so möchte ich nicht denken …?

Gedachte Linien

Auf einer Harzreise mit meiner Freundin Dietburga, einer grünäugigen, rothaarigen Schönheit mit Wespentaille, geschah es, dass wir eines Abends in einem überfüllten Hotel Station machten und ein kleines Zimmer miteinander teilen mussten, ein Umstand, der mir, ich sage es unumwunden, aus schnödem Selbsterhaltungstrieb heraus, wenig behagte. Dietburga hatte eigentlich den Charakter eines Erzengels, bis auf eine einzige Einschränkung: Sie besaß einen überdimensional entwickelten Ordnungssinn, der an Ordnungswut grenzte. Diese Eigenschaft ging auf ihren Vater zurück, in dessen Zimmer zeit seines Lebens das Bild des preußischen Friedrichs, des Bewohners von Sanssouci, gehangen hatte und der mit strengem Blick auch Dietburga auf allen Wegen begleitete und ihrem Sinn eine spezifische Ausrichtung gab.

Menschsein verwirkliche sich am vollkommensten im Prinzip der Ordnung, sagte Dietburga mir eines Tages, als sie in meiner kleinen Wohnung vor den überfüllten, verstopften und nicht ganz staubfreien Bücherregalen stand, und ebendeshalb sei für sie die wichtigste Tugend die Ordnungsliebe und der größte Mangel Liederlichkeit.

Zugegeben, auch ich habe es gern, wenn die Dinge ihren Platz haben, wenn ich auf der Suche nach meiner Schere nicht den Wäscheschrank oder die Speisekammer durchwühlen muss, aber ich ordne mich der Ordnung nicht unter, sie hat mir zu dienen, sie muss mir Freude machen, beherrschen darf sie mich nicht. Goethes Auffassung von Ordnung schließe ich mich vorbehaltlos an, der sagte: »Gebraucht der Zeit, die geht so schnell von hinnen, doch Ordnung lehrt euch Zeit gewinnen.« Bei Dietburga dagegen schien sich das Prinzip der Ordnung verselbstständigt zu haben, und wie ein magischer Zauber übte es geheimnisvolle Macht über sie aus.

Mit einer gewissen Beklommenheit folgte ich Dietburga ins Hotelzimmer, das uns drei Tage lang beherbergen sollte. In der Mitte des Raumes stand ein rechteckiger Tisch. Dietburga maß das schmucklose Möbel mit scharfem Blick und erklärte mir freundlich aber streng, dass dieser Tisch uns beiden zu dienen habe. Deswegen sei er durch eine gedachte Linie zu teilen, und ihre Sachen würden auf der rechten Seite liegen und meine auf der linken. Das rechte Bett wolle sie benutzen, das linke solle meiner Bequemlichkeit dienen. Mit dem übrigen Raum und den uns gemeinsam zur Verfügung stehenden Utensilien wollten wir in gleicher Weise verfahren, nämlich nach dem Prinzip: Teilung durch gedachte Linien. Ich musste Dietburga auf Ehre und Gewissen versprechen, diese Abmachung einzuhalten, und ich tat dies, obwohl ich im tiefsten Inneren eigentlich allerlei Vorbehalte hatte.

Es stellte sich bald heraus, dass ich voreilig gehandelt hatte. Als ich nämlich eine Postkarte schrieb, geschah es, dass mein Kugelschreiber ein gutes Stück über die den Tisch teilende gedachte Linie hinausragte und Dietburga mich in flagranti erwischte. Sie tadelte mich ernst, weil ich fahrlässig gegen unsere Abmachung verstoßen hatte. Beschämt zog ich mich in meine Zimmerhälfte zurück

und schrieb meine Postkarten bäuchlings auf dem Fußboden liegend. Das legte Dietburga jedoch als Affront
aus, und sie rächte sich, indem sie das Uhrenlied der
Potsdamer Garnisonskirche pfiff, das den berühmten
Text hat: »Üb immer Treu und Redlichkeit bis an dein
kühles Grab, und weiche keinen Fingerbreit von Gottes
Wegen ab.« Ich hätte das hingenommen. Aber Dietburga
war unmusikalisch und pfiff falsch. Ich forderte meine
Freundin deswegen auf, mit ihrem kakophonischen Ge-
pfeife doch bitte in ihrer Zimmerhälfte zu bleiben und
dafür zu sorgen, dass die misstönigen akustischen Wellen
hinter der gedachten Mittellinie blieben. »Wenn schon,
denn schon!«, sagte ich mit der Freundlichkeit eines hun-
dertjährigen Kaktus. Daraufhin hüllte sich Dietburga in
grönländisches Schweigen, und auch ich schwieg. Hätte
einer von uns geredet, wäre das ein Verstoß gegen die
Abmachung gewesen, da akustische Wellen gedachte
Linien nicht als Hindernis empfinden.

Die folgende Nacht war grässlich. Ich konnte nicht ein-
schlafen und quälte mich sehr, weil ich versuchte, meinen
Atemrhythmus dem meiner Stubengefährtin anzupassen,
um nicht etwa durch zu hastiges Luftholen mehr als die
Hälfte der im Zimmer befindlichen Luft zu verbrauchen.
Außerdem wartete ich gespannt ab, wann Dietburga sich
im Bett drehte, um mich gleichzeitig drehen zu können;
ich dachte, dass dann die von uns beiden zur selben Zeit
erzeugten akustischen Wellen an der gedachten, das Zimmer teilenden Linie aufeinanderprallen und als Echo auf
die Ursprungsseite zurückkehren bzw. sich günstig über-
lagern würden und als Ergebnis einer solchen Interferenz
schließlich Stille und Gerechtigkeit entstünden.

Als ich dann doch noch einschlief, hatte ich einen irrsinnig aufregenden Traum. Ich saß in meinem Arbeitszimmer und versuchte, alles, was mich umgab, zu teilen: die Rose in der Vase, meinen Hund unter dem Schreibtisch, das mittelhochdeutsche Wörterbuch, den Duft aus meiner Parfumflasche, den Witz, der in der Zeitung stand, das Vogelgezwitscher vor dem Fenster und meine gold-blaue Porzellantasse aus dem Romanow-Service. Ich heulte Blut und Wasser, als mein Mann ins Zimmer kam und ich mich nicht entscheiden konnte, ihn quer oder längs zu teilen. Der Traum führte mich schließlich in die Halbwelt, wo ich inmitten halbseidenen Gelichters Halbherzigkeiten beging, nicht mehr Ja und Nein, sondern Jein zur Antwort gab und überall nur noch halb hinhörte. Ich nahm den Duden zur Hand, riss ihn in der Mitte durch und suchte halb verrückt nach den Begriffen »Freiheit«, »Vaterland« und »Gerechtigkeit«. Mit einem Küchenmesser schnitzte ich an den Wörtern herum und versuchte sie zu halbieren. Plötzlich durchfuhr mich ein scharfer Schmerz, und das Küchenmesser teilte mich mit scheußlichem Schnitt in zwei Hälften. Zerspalten saß ich da und konnte nicht erfahren, ob sich mein Ich in der linken oder in der rechten Hälfte verkörperte. Ich erwachte klatschnass aus dem Albtraum, angefüllt mit dem Selbstwertgefühl eines Zombies, und es dauerte lange, bis ich wieder glaubte, ein Ganzes in ganzheitlicher Umgebung zu sein.

Dietburga schlief noch. Rasch zog ich mich an, warf meine Habseligkeiten in den Koffer und legte einen Zettel auf ihre Tischseite, auf dem zu lesen war: »Liebe Dietburga, ich gehe jetzt links zur Tür hinaus, gehe Du bitte rechts hinaus. Wenn wir uns beide immer geradeaus auf der gedachten, die Erde teilenden Linie weiterbewegen, treffen wir uns eines Tages nach rund vierzigtausend Kilometern (vgl. Erdumfang) an dieser Stelle wieder, Du kommst dann von links herein und ich von rechts. Tschüss! Deine Freundin T.«

Inzwischen sind Jahre vergangen. Ob Dietburga eines Tages in unserem Hotelzimmer im Harz auftaucht? Ich bin mir sicher. Ordnung muss schließlich sein. Oder etwa nicht?

Spargelwasser

Also, es ist völlig verrückt, aber ich habe etwas gegen Spargel, ich esse ihn nicht, weder den weißen noch den grünen, auch nicht mit Butter, Rahm oder Sauce Hollandaise. Ich kann ihn nicht leiden, obwohl Feinschmecker ihn wegen des feinen Aromas schätzen und die Ernährungswissenschaftler seinen Genuss empfehlen zur Entwässerung des Körpers und als Aphrodisiakum. Wenn ich in die Nähe von Spargel gerate, bekomme ich Pusteln im Gesicht und Juckreiz, und eigentlich hat das mit dem braven Asparagus überhaupt nichts zu tun, sondern einzig und allein mit Anita.

Ich lernte Anita fünf Jahre nach Kriegsende kennen, just in der Zeit des Wiederaufbaus des deutschen Landes, der Zeit der Trümmerfrauen und Subbotniks, des großen Kohldampfs und der Leichenfledderei, die aber auch eine Zeit feuriger, schmerzgeläuterter Herzen war, da die Generationen von Witwen und Waisen versuchten, eine gerechtere und vor allem friedlichere Gesellschaftsordnung aufzubauen.

Anita war meine Kommilitonin, meine Banknachbarin an der Universität, und ich schätzte sie nicht nur wegen ihrer ästhetischen Sprache, wegen des Feuerwerks von Metaphern, Redewendungen und Sprichwörtern, die sie bei passender Gelegenheit treffsicher verschoss, sie war in Sachen des Studierens auch ein feiner Kumpel; wir wetteiferten miteinander, schlugen uns tapfer durch Seminare und Übungen, bestanden mit Glanz die Prüfungen und redeten beim Büffeln über Herzensgeheimnisse, Gott und die Welt.

Eines Tages, ich hatte Anita zu Kartoffelpuffern und Apfelwein eingeladen, erzählte sie mir von einem prägenden Erlebnis, das ihr in den Maitagen des Jahres 1945 widerfahren war, als der Geschützdonner eben verhallte und der Frieden ausbrach. In jener Wirrnis hatte Anita schon seit sieben Tagen nichts mehr zu essen gehabt. Schwach und taumelig vor Hunger schleppte sie sich durch die Ruinen der Großstadt auf der Suche nach einem Bissen, einer Kartoffelschale vielleicht oder Brotrinde. Aber die Stadt war leer gefegt, selbst Spatzen, Ratten und Mäuse waren zu Beutetieren des Menschen geworden, und Anita machte sich entkräftet und hoffnungslos auf den Heimweg. Den trüben Blick zu Boden gesenkt, entdeckte sie auf dem Straßenpflaster plötzlich sieben dicke Roggenkörner. Wo kamen die Körner her? Mitten in der Großstadt, mitten auf dem staubigen Stein! Irgendein Glücklicher musste sie aus seinem Rucksack, aus dem Hamsterbeutel verloren haben. Anita ging aufgeregt in die Hocke und klaubte vorsichtig die Getreidekörner aus dem Schmutz, die sie zu Hause behutsam wusch und in einem kleinen Mörser zerrieb. Dann goss sie einen Löffel Wasser darüber, tat ein Prislein Salz dazu und wartete, bis alles etwas aufquoll. Es war nicht mehr, als ein Spatz auf dem Schwanz davontragen konnte. Sie goss den Roggenbrei auf eine kleine Schale, und als sie die Mahlzeit so vor sich stehen sah, wurde ihr feiertäglich zumute wie noch nie im Leben. Sie schwor sich, niemals in ihrem Dasein etwas Essbares, auch nicht die kleinste Krume Brotes, verkommen zu lassen. Die sieben Häppchen, die sie so langsam, wie es nur ging, sich einverleibte, waren das Köstlichste, das sie je gegessen hatte. Wunderbar gestärkt fühlte sich Anita danach.

Als eine Weile später die Nachbarin an die Tür klopfte und sie aufforderte, doch mitzukommen, die russischen Soldaten verteilten in der Nebenstraße Brot, machte sie sich hoffnungsvoll auf den Weg. Die beiden Frauen hatten Glück. Kaum hielt Anita den schweren duftenden Brotlaib in den Händen, schlug sie auch schon die Zähne in die knusprige Kruste. Sie riss sich einen derben Bissen heraus, an dem sie lange kaute und der ihr süß und herrlich schmeckte. Seit diesem Tag ging es mit ihr bergauf. Sie fand Arbeit in einem Verlag und wurde bald schon zum Studium zugelassen, wo wir uns begegneten.

In jenen Tagen, als der Frieden für Anita längst Speck und Kuchen abwarf – sie erhielt wegen blendender Leistungen ein Sonderstipendium, und ihr im Westteil der Stadt lebender Onkel, ein Kugellagerfabrikant, versorgte die Nichte mit allerlei Waren aus dem Füllhorn des Marshallplans –, blieb Anita ihrem Schwur treu, den sie in der Hungerzeit vor den sieben Roggenkörnern getan hatte. Sie ließ nichts Essbares verkommen. Nach jedem Brotschneiden fegte sie die Brösel sorgfältig in ihre Hand und achtete darauf, dass alles in ihren Hals und nichts daneben geriet. Mit der Zeit aber brachte die zunehmende Wohlhabenheit sie in Bedrängnis, besonders wenn der großzügige Verwandte ihr gute, aber leicht verderbliche Dinge zukommen ließ in üppiger Menge, sodass sie essen musste auf Deubel komm raus und ihr Magen zum Zerreißen gedehnt wurde, oder wenn sie leicht Angegangenes trotz verdächtigen Geruches in sich hineinbrachte nach kritischer Musterung, da es doch allem zum Trotz und getreu dem Schwur seinen rechten Weg finden musste. Andere Möglichkeiten, mit dem Überfluss fertig zu werden, als durch Selbstverzehr kamen Anita vertrackterweise nicht in den Sinn. Ein Glück nur, dass ihr Körper rasch verdaute, was immer sie ihm auch zumutete, und dass sie dabei nicht nur rank und schlank blieb, sondern, je mehr sie aß, immer mehr einer mageren Stute nach monatelangen Gewaltmärschen durch die verdorrte Steppe ähnlich sah.

In jenem Frühling, als der Onkel seiner Nichte einen Sack voll frischen knackigen Spargels schenkte – übrigens im deutschen Osten gewachsen, an den deutschen Westen zum Schleuderpreis verkauft, so ging das damals –, erreichte mich eines Tages der Telefonanruf meiner Kommilitonin. Sie habe sich nun eine Woche lang durch den Spargelsack gegessen und die bleichen Stangen erfolgreich in gute Körpersäfte verwandelt, ich wüsste ja, der Mensch ist, was er isst, und nun säße sie vor dem Topf mit dem Spargelwasser, und das brächte sie beim besten Willen nicht mehr in sich hinein, obwohl es durch seinen hohen Mineralstoffgehalt und die vielen Spurenelemente von unschätzbarem gesundheitlichen Wert sei. Wir seien doch für den Abend verabredet, um Hegel'sche Philosophie zu büffeln, da würde sie sich aus alter Freundschaft, damit ich das in hiesigen Breiten so Seltene genösse, mit dem Wassertopf abschleppen, so schlimm sei das auch wieder nicht, da die Straßenbahn ja fast vor meiner Haustür hielte, wir schlügen zwei Fliegen mit einer Klappe, und Geben sei seliger als Nehmen. Um sie von ihrem Vorhaben abzubringen, antwortete ich höflich mit dem Spruch:

»Ein voller Bauch studiert nicht gern!« Aber meine Kommilitonin versteifte sich darauf, mir das kostbare Spargelwasser zukommen zu lassen.

Als dann der große Aluminiumtopf am Abend auf meinem Küchentisch stand, hob sie den Deckel, schnupperte genießerisch und sagte: »Eine Gottesgabe! Und dass mir kein Tropfen verkommt! Das möchte wohl sein!« Ich schaute höflich in das trübgraue Wasser, und als ich dessen Geruch in die Nase bekam, rief ich, dass diese Brühe zum Himmel stänke, und ich kippte sie kurzerhand in den Ausguss.

Anita wurde knallrot vor Empörung, ihre feinnervigen Hände zitterten. »Einem geschenkten Gaul schaut man nicht ins Maul! Und überhaupt! Undank ist der Welt Lohn!«

Ich blieb der Freundin alle Antworten, die mir auf der Zunge lagen, schuldig, denn just in dem Moment packte mich ein irrsinniger Juckreiz, und ich fühlte, wie sich mein Gesicht mit dicken Pusteln überzog. Anita beobachtete es schadenfroh. »Das ist die Strafe! Weil du die gute Gottesgabe verschmäht hast! Hochmut kommt vor dem Fall!« Sie hob steil ihren Zeigefinger in die Luft und ging zur Tür hinaus.

Für die Prüfung in Hegel'scher Philosophie büffelte dieses Mal jeder für sich allein, und ich gebe zu, dass Anita eine Note besser dabei abschnitt. Vielleicht war das eine Wirkung der Riesenmenge des von ihr in der letzten Woche genossenen Spargels, der ihre Synapsen und das graue Gehirnzellengeflecht in Schwung gebracht hatte? Schließlich behauptet auch der große Dialektiker Hegel, dass durch stete Ansammlung von

Quantität irgendwann ein Umschlag zu einer neuen Qualität erfolgt.

Wie dem auch sei. Ich kann Spargel nicht ausstehen. Lieber esse ich Pellkartoffeln mit Hering. Basta!

Das Opferlamm

Ich kannte ein herzensgutes, anschauenswertes Mädchen, das Agnes hieß und deren tugendhafte, viel zu strenge Eltern ihr durch eine verkniffene Erziehung so viel Angst und Schrecken vor der Männerwelt eingegeben hatten, dass sie zu zittern begann, wenn ein maskulines Individuum sich ihr auf Schrittlänge näherte und schamlos ein Auge auf sie warf. Erfüllt von gewaltigem Liebeshunger einerseits und von panischer Angst vor der Sünde und den Eltern andererseits, fand sie einen seltsamen Weg, sich aus ihrem Konflikt herauszuwinden. Agnes kaufte sich ein dickes medizinisches Lexikon, in dem sie sehr gründlich las, sie studierte vor allem die Symptome lebensgefährlicher Krankheiten und begab sich, ausgerüstet mit zuverlässigen Kenntnissen auf dem Gebiet der Pathologie, in das abseits von Gut und Böse gelegene Reich der weißen Götter, in die ärztliche Sprechstunde, wobei sie sich, ihren Geschmack in allen Ehren, nicht etwa einen betagten, angerosteten Eisenbart auswählte, sondern einen jungen, knackigen Medizinmann voller Saft und Kraft.

Herr Dr. Lenz, ein grazler, schwarzlockiger Weißkittel mit sensiblen Künstlerhänden, glich dem Idealbild des Mannes, wie es Agnes vorschwebte, von Kopf bis Fuß, und sie hoffte, ihre große Liebe an ihm festmachen zu können, in platonischer Form zwar, aber denn doch mit sittsamer körperlicher Berührung, eine Liebe, die Tugend, Wahrheit und Schönheit ohne den Makel des furchterregenden verteufelten Sündenfalles beinhaltete.

Agnes betrat das Sprechzimmer des Arztes beklommen und mit viel Herzklopfen, mit Gefühlen, die ein keusches Mädchen nach der Trauung hat, wenn es vom Manne über die Schwelle getragen wird. Die nach Desinfektionsmitteln riechende Praxis mit sachlich harter Pritsche, dem weißen Schreibtisch und den blitzenden Geräten in der Glasvitrine strahlten für Agnes etwas unerhört Erotisches und Aufregendes aus, und sie wusste, dass sie sich in diesem moralisch zollfreien Raum dem braven Jünger Äskulaps entspannt in die Hände würde geben können.

Der Doktor, der die Patientin gründlich nach ihren Beschwerden ausfragte, erarbeitete fleißig die Anamnese und schickte sich schließlich an, die Krankheit durch praktische Untersuchung der lebendigen Materie zu diagnostizieren. Für Agnes war dieser Moment eine Art Kulminationspunkt des Lebens. Mit weichen Knien setzte sie sich auf die weiß bezogene Pritsche und befolgte die Aufforderung des Arztes, sich rundum frei zu machen, zitternd vor prickelnder Erregung, aber keineswegs ohne Charme, zumal sie sich vor dem Ereignis mit prächtigen cremefarbenen Dessous aus Seidenatlas und handgearbeiteter Spitze vorsorglich eingedeckt hatte. Sie genoss es, sich hier guten Gewissens enthüllen zu dürfen, das duftige Hemd über den Kopf zu ziehen, die Haken des Mieders zu lösen, die Strapse abzuwerfen und die hauchzarten Strümpfe auszuziehen. Allerdings geschah das alles mit leidvoller Miene und begleitet von kleinen Schmerzensschreien, mit denen sie auf die abtastenden Berührungen des Arztes, besonders im Umkreis ihres wirklich hübschen Bauches, reagierte. Als Dr. Lenz die rechte Leistengegend der Patientin energisch unter Druck setzte, schrie Agnes so durchdringend auf, dass für den Fachmann die Diagnose eindeutig war: akute Blinddarmentzündung mit zu befürchtendem Durchbruch.

Am selben Tage noch musste Agnes unter das Messer, um sich den Störenfried herausoperieren zu lassen, jedoch blieb es dem braven Herrn Lenz ein ungeklärtes Geheimnis, wieso jener abgeschnittene Wurmfortsatz, den er in der Emailleschale gründlich besah, weder Spuren einer Entzündung und schon gar nicht einer Vereiterung aufwies. Was blieb dem jungen Chirurgen anderes übrig, als das amputierte Stück still zu entsorgen und sein kleines Geheimnis in der Tiefkühltruhe des ärztlichen Gewissens einzufrieren. Agnes profitierte davon, sie genoss die fürsorglichen Visiten, die sanfte Wundbehandlung und fühlte sich unter den mitfühlenden Augen und Händen des Weißkittels wie in himmlischen Flitterwochen.

Schließlich war der kleine Schnitt, den Dr. Lenz seiner Patientin auf der rechten Seite des Bauches hatte beibringen müssen, bestens verheilt, und Agnes wurde aus dem Krankenhaus entlassen. In den nächsten Wochen stellte ich aber mit Besorgnis fest, dass die Gedanken meiner Freundin Tag und Nacht nur um ihren angebeteten Medizinmann kreisten und sie sich im Labyrinth ihrer blauen Sehnsüchte mehr und mehr von der Wirklichkeit entfernte.

In meiner grenzenlosen Naivität durchforstete ich meinen Bekanntenkreis auf attraktive Maskulina, die ich Agnes unter allerlei Vorwänden ins Haus schleppte, hoffend, ich könnte sie von ihrem weißen Traum erlösen, der nämlich, wie ich wusste, mit Frau und Kind bestens versorgt war. Ich führte ihr die zartesten Milchbärte vor, ließ schöne Hirsche, sogar einen deftigen Platzhirsch vor ihr paradieren, zeigte ihr smarte, silberschläfige Männer in den besten Jahren, auch solche mit Halbglatze und Mollenfriedhof, sogar einen spindeldürren Kracher mit dickem Bankkonto und gepflegtem Daimler, aber es fruchtete nichts. Nach solchen Begegnungen pflegte Agnes nur fein zu lächeln, die gepflegten Hände zu falten und in bestem Französisch ihr unvergleichliches »Fi donc!« zu sagen. »Du begreifst nichts!«, fügte sie nach meinem letzten Versuch, arrogant lächelnd, hinzu.

Es dauerte nicht lange, dass Agnes, ausgerüstet mit exakten Kenntnissen über die Symptome einer akuten Gallenblasenentzündung, zu ihrem Doktor eilte, um sich untersuchen und therapieren zu lassen. Nach einer atemberaubenden Diagnosestunde, die eigentlich eine sofortige Entfernung der Gallenblase hätte zur Folge haben müssen, entschloss sich aber der inzwischen leicht verunsicherte Dr. Lenz, die Patientin an einen erfahrenen Kollegen zu überweisen.

Zwar verinnerlichte Agnes dieses Fortgeschickt-Sein zunächst als Verrat, jedoch fand sie sich durch die Aktivitäten und das sportlich sonnengebräunte Erscheinungsbild des neuen Doktors über die erlittene Enttäuschung hinweggetröstet, und nach einigen Konsultationen wurde Dr. Hinz zum neuen Zielobjekt ihrer platonischen Liebesgefühle. Hinz, der eine Schwäche für Blutegel und Klistiere hatte, die er Agnes als schnelle Hilfe angedeihen ließ, verordnete ihr strenge Diät, Dickdarmmassagen und Ganzkörperwickel, die Agnes gern über sich ergehen ließ. Eines Tages aber packte sie eine schwere Gallenkolik, die eine rasche Operation und einen längeren Krankenhausaufenthalt in des Doktors Klinik nach sich zog. Das kleine Einbettzimmer wurde trotz der Schmerzen, die Agnes zu ertragen hatte, zum weißen Paradies, das sie durch ihre Kollektion feiner pastellfarbener Nachtgewänder geschmackvoll belebte. Die smarte Männlichkeit des Mediziners, die Berührung seiner trainierten, sensiblen Hände bescherten ihr Glücksschauer ohnegleichen, und sie wünschte sich, ewig krank zu sein, um im Garten Eden bleiben zu dürfen.

Was soll's! Auch Gallenoperationsschnitte wachsen irgendwann wieder zu, und so hieß es für Agnes, die nun das zweite Stück ihres Körpers auf dem Altar platonischer Liebe hingeopfert hatte, wieder Abschied nehmen. Besorgt empfing ich meine Freundin, die mir trotz gut verheilter Wunde angegriffen und hinfällig erschien. Und es blieb mir in den folgenden Wochen auch nicht verborgen, dass Agnes neuerlich auf ein schweres seelisches Ungleichgewicht zusteuerte, zumal Dr. Hinz in weiblicher Begleitung eine Kreuzfahrt rund um den Globus angetreten hatte.

In ihrer Not wandte sich Agnes Hilfe suchend an einen prominenten und beliebten Psychotherapeuten, mit dem sie ihren immer ärger werdenden Allgemeinzustand besprach. Das Zusammentreffen mit Dr. Specht war für Agnes eine Sternstunde. Auf der Couch des vertrauenerweckenden Fachmannes, der in den USA studiert und geforscht hatte, ließ Agnes alle Leinen locker und redete sich ihre Sehnsüchte von der Leber. In seiner Hypnosestunde geriet sie unerwartet in eine derartig wilde Ekstase, dass dem lauschenden Experten, dem Heißes nicht fremd war, die Ohren glühten. Als sie aus der Hypnose erwachte, war der Medizinmann so erschüttert, dass er aus lauter Opferbereitschaft die eigene Person für das Wohl seiner Patientin einsetzte, die liebesdurstige Agnes an sich riss und mit feurigen, leidenschaftlichen Küssen überschüttete. Agnes schrie auf, stieß den Übereifrigen von sich, sagte ihr unübertreffliches »Fi donc!« und ging in der Haltung einer beleidigten Majestät zur Tür hinaus.

Zum Glück gelang es dem Psychoanalytiker, den drohenden Skandal abzufangen. Er entschädigte Agnes mit einem Kuraufenthalt in einem erstklassigen Sanatorium und vermittelte sie großzügig an geeignete medizinische Koryphäen, bei denen sie Gelegenheit hatte, ihre platonische Liebe voll auszuleben und weitere Teile ihres Körpers dafür hinzuopfern. Nach und nach gerieten die besten Stücke ihrer physischen Inneneinrichtung unter das Messer. Dem Blinddarm und der Gallenblase folgten ein Stück des Magens, die rechte Niere, zwei Rippen, ein Eierstock, ein Drittel des Dünndarms, etliche Lymphdrüsen und der Zipfel des rechten Lungenlappens. Bald verblieb der Glückssucherin nichts im Körper, was irgendwie entbehrlich gewesen wäre, und vor Agnes tauchte die schreckliche Vision auf, eines Tages als Bettlerin vor dem Altar der platonischen Liebe stehen zu müssen. Doch der Zufall wollte es, dass sie just in dieser brenzligen Situation an Professor König vermittelt wurde, einen Mediziner, der bereit war, mehr zu geben als zu nehmen. Er versah Agnes mit einem technischen

Wunder, einem Herzschrittmacher, der, eingepflanzt in eine Hauttasche der rechten Brusthälfte, mithilfe einer Batterie den ausgeweideten Organismus zusammen- und in Bewegung hielt. Verständlich, dass Professor König zum würdigsten Gegenstand ihrer Liebe wurde. Agnes verfiel während der Behandlungen in orgiastische Glückszustände, unter deren animalischer Wucht sie fast zusammenbrach. Sie verlebte sechs unvergleichliche Monate in der weißen Residenz des Monarchen, lustwandelte durch die sterilen Korridore in rosa und hellblauen Negligés und erinnerte dabei ganz verteufelt an die berückende Madame Pompadour, die seinerzeit den französischen König Ludwig XV um den Verstand gebracht hatte.

Seit ihrer Entlassung lebte Agnes befriedet vor sich hin. Von Zeit zu Zeit ließ sie den Herzschrittmacher von Professor König überprüfen und ihren Gesamtzustand begutachten. Die Erinnerung an die sanften Behandlungen verklärte ihren Alltag. Sie sah ihre Lebenswünsche anspruchsvoll verwirklicht, hatte sich satt geliebt, ohne sündig geworden zu sein, getreu den moralischen Grundsätzen ihrer Potsdamer Altvorderen.

Als ich sie eines Sonntags wieder einmal zum Friedhof begleitete, sie brachte frische Blumen ans Elterngrab, stellte ich mit Besorgnis fest, wie sie abgebaut hatte. Agnes war nur noch ein Schatten ihrer selbst. Ich leistete ihr Gesellschaft auf dem Heimweg, und sie lud mich ein auf einen guten englischen Tee. Wir machten es uns auf ihrer schönen grünen Samtottomane unter dem Bildnis des unvergleichlichen Plato gemütlich, der im schweren Rahmen aus hochkarätigem Gold die Wand schmückte.

Ihr dankbarer Blick streifte das Antlitz des Philosophen, als sie sagte: »Weißt du, eigentlich verdanke ich letztlich ihm die Orientierung auf ewig sittliche Werte und die Entdeckung rein geistiger Liebe zwischen gleich gesinnten Menschen!«

Es war meine letzte Begegnung mit Agnes. Noch in der folgenden Nacht hatte sich ihr Leben vollendet. Ich denke oft an sie. Liebevoll. Dann höre ich ihr unvergleichliches »Fi donc!«, und es berührt mich in tiefster Seele.

Der Schatten

Ein akademisch gebildetes Frauenzimmer im besten Saft des Lebens, gediegen wie das Meißner Porzellan, das sie sammelte, befähigt, den vertracktesten Verästelungen der deutschen Literaturgeschichte zu folgen und das Werk eines Sastro nicht weniger schnittig als das eines Karl Immermann zu interpretieren, und obendrein, wie es damals hieß, gesellschaftlich aufgeschlossen, Ingerose, die Hoffnung der germanistischen Wissenschaft unserer Universität, begleitete mich eines Sommers in Richtung Osten, zur polnischen Seeküste, auf eine weißsandige lichtvolle Halbinsel, schön wie der Festplatz slawischer Götter.

Reisen in diese Richtung, selbst Dienstreisen, hatte Ingerose bislang scheu vermieden aus einem dunklen Gefühl heraus, das auf Erlebnisse zurückging, die sie in der Zeit des teutonischen Adolfs gehabt hatte, als sie mit den Eltern, zur deutschen Besatzungsmacht gehörend, einige Zeit in Krakow verbrachte, wo ihr Vater, als fiskalischer Heeresbeamter, seine Pflicht mit Fleiß und Genauigkeit erfüllte. Vielerlei Taten und Untaten müssen ihr, einem empfindsamen Ding von knapp achtzehn Jahren, vor Augen gewesen sein, die sie im Gedächtnis ängstlich verschloss und unbewältigt verwahrte, sodass sie später, als man jenes Stück deutscher Geschichte vorzeigte und zu bedenken begann, vom eigenen Gewissen unter Druck gesetzt wurde, denn ihr intelligenter Sinn vermochte sich einer kritischen Wertung des in Krakow Erlebten nicht zu entziehen. Da sie aber die Courage zum Bekenntnis ihrer Zeugenschaft nicht aufbrachte und Vergangenes verdrängte, begann in ihrem sensiblen Gemüt eine Art Grützbeutel, eine psychische Balggeschwulst, zu wachsen, unter der sie litt.

Ich wollte Ingerose helfen, endlich mit der Sache ins Reine zu kommen, dass sie sich vielleicht aussprüche und wir den bedrückenden Knoten herausschälen und hinwegarbeiten könnten. Meine Hoffnung hätte sich bestimmt erfüllt, da bin ich sicher, wäre nicht jener vermaledeite Schatten dazwischengekommen, dieser Schatten, ach, hol ihn der Kuckuck! Hier ist nicht die Rede von einem Gespenst, Spuk, Dämon, Vampir, Nachtmahr oder einem Babajedza, nein, es geht hier um einen ganz gewöhnlichen irdischen Schatten, um ein Fast-gar-nichts, ein Ganz-und-gar-und-wieder-nichts!

Kurzum, es ging um den Schatten, welchen mein mit rotem Bast bespannter Windschutz abwarf, den ich an dem lichthellen Strand aufgestellt hatte und in den sich ein sonnenscheuer Schattensucher, ein Mann polnischer Zunge, legte, und das schien mir ein völlig harmloser Vorgang zu sein. Der Fremde nahm damit den Schatten in Besitz, ohne dass der, genau genommen, sein Eigentum gewesen wäre, denn der Schatten stammte ja von einem deutschen Windschutz ab, der allerdings, vertrackte Vermögensgrundlage, wiederum auf polnischem Boden stand.

Offensichtlich handelte es sich bei dem Schattensucher um ein juristisch unbefangenes Individuum, da es sich die Frage, was hier rechtens sei, gar nicht stellte. Da auch ich in juristischen Dingen ein Enfant terrible und obendrein eine Sonnenanbeterin bin, legte ich mich unbekümmert an die besonnte Seite des Windschutzes, und wir kamen einander nicht ins Gehege. Meine redliche und perfektionistische Freundin Ingerose dagegen hätte den Schatten gern selber verwendet, aber auch wenn das nicht der Fall gewesen wäre, hätte sie, wie sie sagte, vor allem aus dem rechtsempfindlichen Bedürfnis heraus, deutsches Eigentum auf polnischem Boden pflegen und absichern zu wollen, den Okkupanten zur Rechenschaft gezogen. Des Polnischen nicht mächtig, strengte Ingerose sich an, dem Eindringling in einem Gemisch aus Eigenbau-Esperanto und Taubstummensprache zu erklären, dass er deutschen Schatten verbrauche. Dies sei in der Konsequenz ein Eigentumsdelikt. Ingerose holte mit ihrer melodischen Stimme aus bis zum hohen C und rief: »Das ist Schatten-Zappzarapp!« Ihr angefeuerter Redlichkeitssinn stieg ihr bis in den spitzen Zeigefinger, den sie in die Schulter des Mannes bohrte, um ihn aus dem Bereich des widerrechtlich genutzten Schattens zu vertreiben.

Der Mann, offenbar ein Stoiker oder Einfaltspinsel, begriff das Ansinnen meiner schöngeistigen und rechtsempfindlichen Reisegefährtin erst nach zeitaufwendigem Bemühen. Aber als er endlich verstanden hatte, erhob er sich langsam und verließ die Gegend mit dem seltsamsten Gesichtsausdruck, wie ich ihn einmal bei jungen Schafsböcken nach der ersten Schur gesehen hatte, und sein heller häretischer Blick traf Ingerose und mich, und er ließ mich erschauern.

An jenem Tag verzankten wir uns, und so kam es, dass ich meiner Freundin nicht half, ihr die Last von der Seele zu nehmen, das Problem der alten Zeugenschaft zu verarbeiten und den psychischen Grützbeutel zu beseitigen. Schuld allein war der Schatten.

Wenn ich Ingerose, der Hoffnung unseres literaturwissenschaftlichen Instituts, gelegentlich auf der Straße begegne, fällt mir immer wieder unsere Polenreise ein. Wir gehen uns irgendwie aus dem Weg. Gott verdideldadudel mich! Ein Schatten liegt zwischen uns.

Die Katze

Was ist schon eine Katze?

Für die einen ist sie ein herrliches Geschöpf dieser Erde, eine Primaballerina im Maßkostüm aus Samt, Seide und Leder, ein verführerischer Pirat mit fünf Dolchen in jeder Tasche, eine rätselhafte Sphinx oder ein verspielter Kobold … Eben schreitet sie wie eine Märchenprinzessin stolz daher, und im Handumdrehen verwandelt sie sich in einen frechen Sansculotte, der dir die Gänsekeule vom Teller stiehlt, um damit im Keller zu verschwinden. Ist sie nicht die Muse des Dichters, die ihn Gedichte über Zärtlichkeit schreiben lässt? Wie vielen Künstlern saß sie schon Modell für unsterbliche Bilder? Und flüsterte sie begnadeten Musikern nicht immer wieder Melodien und Rhythmen ins Ohr, die glücklich machen? In der Sommernacht sitzt sie mit dem Gelehrten am Fenster, philosophierend über Irdisches und Außerirdisches. Sie ist eine kleine Mutter Theresa, die Armen, Kranken und Hoffnungslosen Trost spendet. Mit den Kindern spielt sie Verstecken und Wilde Jagd. Als geheimnisvolle Gefährtin der Kräuterfrau vermag ihr magischer Blick das Böse zu vertreiben und Ängste zu lösen …

Für die anderen aber, hüte dich vor denen, ist die Katze ein Nichts, ein blutiges Fellbündel am Rande der Autobahn oder ein Testgegenstand für die Labors der pharmazeutischen Industrie. Die Putzteufel in Menschengestalt nennen sie Sofaeckenvollpinkler, Tapetenzerkratzer, Gardinenzerfetzer, Teppichfransenverwurschteler, Kissenverdrecker, Kratzbürsten und Stinktiere.

Ich aber weiß, dass Katzen Zauberwesen sind, so etwas wie Katalysatoren, die allein durch ihre Anwesenheit Prozesse in Bewegung setzen, die ohne sie nicht passieren und die das Verborgene im Menschen, Gutes und Böses, Erstaunliches und Unerwartetes ans Licht bringen können. Und so geschah es auch mit Kai, dem jungen Drucker und angehenden Dichter, dessen Leben durch ein winziges Katzenwesen total verändert wurde.

Kai war damals im gärigen achtzehnten Lebensjahr, einem Alter, wo die Kräfte wild und ungezügelt im Menschen brodeln, und er leistete gerade seinen dreijährigen Dienst bei der Fahne ab. Verliebt bis über beide Ohren war er in Golda, die Tochter eines erfolgreichen Pressemenschen. Eigentlich träumte Golda von einem Ölprinzen. Die kamen in unserem Ländle nur selten vor, und so entschied sie sich für Kai, der für sie durchs Feuer ging und den sie seit ihrer gemeinsamen Schulzeit kannte.

Golda schwebte eine Familie nach dem Muster einer absoluten Monarchie vor, in der sie die Majestät war. Kai sollte ihr Vasall sein, und ein Parlament, das dreinredete und unerwünschte Ratschläge erteilte, sollte es nicht geben. Deshalb forderte sie von Kai, die Brücken zu seinen Angehörigen abzubrechen, Vater, Mutter und Großmutter zu vergessen. Kai tat es Golda zuliebe und vergrub seine Zweifel tief im Herzen. Ganz aus dem Häuschen vor Leidenschaft, blindlings und Hals über Kopf stürzte Kai in die Ehe mit seiner Traumprinzessin Golda.

An einem sehr kalten Januarabend erhielt Kai unerwartet einen Kurzurlaub von zwölf Stunden. Er freute sich auf den Überraschungsbesuch bei Golda. Eilig ging er in die Bekleidungskammer, um Drillichzeug und Socken in

Empfang zu nehmen. Dort sah er, wie zwei in der Kammer Dienst tuende Soldaten mit gemeinem Lachen fünf junge Katzen, die sie auf einem Deckenstapel vorgefunden hatten, mit ihren Bajonetten auf den Ausgabetisch nagelten. Entsetzen und Zorn packten Kai. Mit einigen Handkantenschlägen setzte er die beiden Täter außer Gefecht. Vier der Kätzchen aber waren schon tot, nur das fünfte lebte noch und kroch blind und elend durch das Blut seiner Geschwister. Kai nahm es an sich, steckte es in eine Wollsocke und barg es unter der Uniformjacke. Was tun mit dem hilflosen Wesen? Es mitnehmen zu Golda? Wie aber sollte er es auf dem Motorrad transportieren? Unter dem engen Lederzeug würde es ersticken. In aller Eile nagelte er eine kleine Kiste zusammen, bohrte Löcher in den Deckel, stopfte sie mit weichen Lappen aus, die er aus seiner Trainingshose riss. Er legte das Katzenkind hinein, schnallte die Kiste auf das Motorrad und raste mit überhöhter Geschwindigkeit über die vereiste Autobahn seiner Golda entgegen. In einer Kurve rutschten die Räder des Zweirades weg, und Kai stürzte. Als er sich mit verletztem Knie hochriss, sah er, dass der Rückspiegel zertrümmert, der Tank verbeult, Blinker und Fußrasten beschädigt waren. Was war mit dem Kätzchen? Kai griff aufgeregt in die Kiste. Es atmete leise. Ungeachtet der rasenden Schmerzen im Knie setzte Kai das angeschlagene Zweirad wieder in Bewegung. Er musste Golda erreichen. Gegen Mitternacht kam er ans Ziel. Er hatte es geschafft! Aufatmend schloss er seine Frau in die Arme und vergrub sein Gesicht in ihrem langen schwarzen Haar. Er gab ihr die Kiste. »Prinzessin, nimm es, und hab es bitte lieb!« Gespannt öffnete sie das Behältnis, schaute hinein und schwieg. Kai beeilte sich, Golda die Geschichte zu erzählen, die ihm plötzlich nicht mehr so recht von den Lippen wollte. Als er sagte, dass das Kätzchen Nahrung brauche, Golda möge ihm Milch wärmen, da hob die junge Frau die Schultern, schüttelte den Kopf und klappte den Deckel zu. »Nimm es wieder mit!«, sagte sie.

Kai schaute Golda an. Hatte er sich verhört? War das denn Goldas Stimme?

War das überhaupt Golda? Wieso hatte sie plötzlich so ein unschönes fliehendes Kinn und so grell lackierte krallenartige Fingernägel? »Sag das noch einmal!«, flüsterte er. »Nimm es wieder mit!«, wiederholte die Frau mit gleichgültiger Festigkeit in der Stimme.

Hinkend schleppte sich Kai hinaus in die Winternacht, das Kistchen in der Hand. Wo sollte er hin mit der Katze? Sie stirbt, dachte er. Und wenn er in sein altes Elternhaus fuhr, zu Vater und Mutter, zur Großmutter? Aber er hatte doch gebrochen mit ihnen und Golda geschworen, sie nicht mehr zu kennen …

Golda! Ihre Liebe ging ihm über alles. Aber auch die Gunst ihres im Ländle bei den Oberen hoch angesehenen Vaters schmeichelte ihm. Der welterfahrene Journalist war nach Beendigung des Krieges nach Germanien zurückgekehrt und hatte es schnell geschafft, in der Medienlandschaft Fuß zu fassen und mit Sonderverträgen nebst fester Rente und Reiseerlaubnis sorgenfrei zu existieren. Für Kai und dessen Familie dagegen war die Welt mit Brettern vernagelt und endete am Checkpoint Charlie. Kai beeindruckte der üppige Lebensstil von Goldas Familie, die Luxuswohnung im Stadtzentrum, die weiße

Villa im Naturschutzgebiet, die kostbaren Einrichtungen, die elegante Bekleidung aus aller Herren Länder, die Weltgewandtheit und Selbstsicherheit des Familienvorstandes. All dies sah er als Ergebnis außerordentlicher Befähigung und Tüchtigkeit an, ohne dass er die Sonderrechte des Clans ins Kalkül gezogen hätte.

Musste Kai sich unter diesen Umständen nicht fortwünschen aus dem eigenen Elternhaus, in dem man ohne Privilegien, beinahe spartanisch existierte? Sein Vater versah seinen Dienst als Militärwissenschaftler im Ministerium, brachte ein bescheidenes Gehalt nach Hause und ging in seinem sozialen Sinn so weit, dass er sogar den ihm zustehenden Dienstwagen ablehnte, während die Mutter, eine promovierte Literaturwissenschaftlerin, Bücher und Gedichte für Kinder schrieb, eine brotlose Kunst, die ihr außer der Anerkennung der jungen Leser keine Reichtümer bescherte. Die Eltern meinten, dass der Luxus, dessen sie sich erfreuten, in der selbst gewählten Arbeit bestünde sowie in dem Bemühen um die Ideale von sozialer Gerechtigkeit, Frieden und Naturschutz. Seit Kai die Familie Goldas kannte, nervte ihn der von seiner Mutter oft geäußerte Gedanke, dass die Literatur eine heilige Sache sei, für die es sich zu leben lohne, auch wenn man dabei nicht zu Reichtum gelangte. Natürlich wusste Kai, dass seine Eltern den einzigen Sohn von ganzem Herzen liebten, er erinnerte sich mit Wärme an den immer weiß gedeckten Tisch mit Blüten aus dem Garten darauf, an die Kerze, die zum Essen angezündet wurde, an Geselligkeiten mit Freunden und Verwandten, auch an die regelmäßigen Theater- und Konzertbesuche. Sie taten für Kai, was sie konnten, wenn er allein schon an die Geschichte mit den Jeans während seiner Schulzeit dachte. Wer damals im Ländle keine echten Jeans aus dem goldenen Westen auf dem Hintern trug, hatte unter den Mitschülern einen schweren Stand. Die meisten Jugendlichen wurden von Westverwandtschaft damit versorgt. Im Exquisitladen aber waren sie teuer, und Kais Vater musste immer ein dickes Stück seines Gehaltes für die symbolträchtigen Röhren ausgeben, was zu allerlei konfliktreichen Gesprächen zwischen Jung und Alt führte. Kai schämte sich, dass seine Altvorderen keine Devisen zur Verfügung hatten, dass die Errungenschaften der westlichen Welt ihnen fremd und unerreichbar waren, und er legte das als ihr persönliches Versagen aus.

Eines Tages, er hatte das mit Golda verabredet, packte er seine Sachen und verabschiedete sich von den Eltern. »Ich habe euch satt. Alles hier. Ihr seht mich nicht wieder.«

Nachdem er Golda geheiratet hatte, genoss Kai die Unabhängigkeit vom Elternhaus, die orientalische Sinnlichkeit der jungen Frau, das glänzende Haus, die vielfältigen kostspieligen Vergnügungen der prominenten Gesellschaft des Ländchens. Als er eines Tages erfuhr, dass seine Großmutter schwer erkrankt war, gab es ihm einen Stich ins Herz. Golda aber sagte: »Das sind doch nur Tricks, um den verlorenen Sohn wieder an die Leine zu kriegen. Die Oma ist bestimmt mopsfidel und fährt im Hühnerstall Motorrad.« Sie schüttete schwarzen Humor über seine Familie aus, und Kai widersprach ihr nicht, denn er war seiner Frau verfallen mit Haut und Haaren. An jenem Abend besuchte das Paar die Mondscheinparty eines berühmten Medienfürsten des Landes, und seitdem war mehr als ein Jahr vergangen.

Das alles fuhr Kai bruchstückhaft durch den Sinn, als er, das Kistchen hinter sich, die frostige Straße unter die Reifen nahm und unbewusst jene Richtung einschlug, die zu seinem Elternhaus führte. In drei Stunden war sein Kurzurlaub zu Ende, aber seine Fahrgeschwindigkeit verringerte sich mit jedem Kilometer. Endlich bog er zögernd in seine alte Straße ein und stoppte das Fahrzeug vor dem Haus. Da stand er einige lange Minuten, so als ob er staune, wie er denn hergekommen sei. Ein Blick auf das Kistchen brachte ihn in Bewegung. Er ging durch das Gartentor und klopfte wie früher an das Fenster der Großmutter, die zu ebener Erde ihr Zimmer hatte. Und wie damals antwortete ihm die vertraute Stimme, in der immer ein kleiner Lerchenschlag mitschwang: »Komm herein, Kai, die Tür ist doch offen.«

Als er vor ihrem Bett stand, sie hatte sich mühsam aufgerichtet, gewahrte er die schlimmen Veränderungen, die so schnell an ihr geschehen waren. Gleich nach Kais Fortgang hatte die unheilbare Krankheit nach ihr gegriffen, der sie tapfer zu widerstehen versuchte. Und plötzlich erinnerte sich Kai, wie sie mit ihm getanzt und gesungen hatte, Verstecken gespielt, wie sie ihn gelehrt hatte, die kleinen Hände zu gebrauchen, Blätter im Garten zu harken, mit Sonne, Mond und Sternen, mit Blumen, Schmetterlingen und Steinen zu reden. Neugierig machte sie ihn auf alles, er durfte ihre Kuckucksuhr auseinandernehmen, und sie zeigte ihm das Zusammensetzen. Im letzten großen Krieg hatte sie Mann und Sohn verloren, so schenkte sie ihre Liebe dem Enkel Kai, der

der Abendglanz in ihrem bitteren Leben war. Hilflos stand er nun vor ihr. Sie aber tat, als sei er erst gestern da gewesen, und sagte wie früher: »Setz dich. Erzähl schon!«

Kai öffnete die Kiste. Sogleich nahm die Kranke das Kätzchen in die Hände, hauchte es liebevoll an und hieß Kai, in der Küche Milch zu wärmen. Sie tauchte den Finger in die Schale und umstrich das winzige Mäulchen. Nach einigem Bemühen öffnete das Katzenbaby den Mund und begann, an dem Finger zu saugen, der ihr die süße Nahrung gab. Es trank sich satt und rund und schlief mit dem Finger im Mäulchen ein. Wie die alte Frau den Enkel mit ihren noch immer klaren blauen Augen anstrahlte! »Es schläft sich gesund. Mach dir keine Sorgen.«

Als die Eltern hinzukamen, bewunderten sie das winzige Katzenwesen, das ihnen ins Haus geschneit war. Sie stellten keine Fragen an den Sohn. Er war gekommen, das war genug. Jetzt, da das Kätzchen geborgen war, empfand Kai den rasenden Schmerz in seinem verletzten Bein, das inzwischen unförmig angeschwollen war. Die Mutter schnitt den Lederbeinling der Hose auf, um die Verletzung kühlen zu können. Der Vater telefonierte mit Kais Einheit, und kurz darauf kam ein Sanitätsauto, um Kai abzuholen.

Kai schnürte es die Kehle zu. Er küsste die Großmutter und stupste das Katzenkind. »Pass auf sie auf, ja? Sie soll Holli heißen und glücklich werden.« Dann umarmte er seine Eltern. »Verzeiht mir. Ich hab euch lieb.«

Es dauerte Monate, bis Kai wiederhergestellt war. Das Knie hatte operiert werden müssen. Aber gleich im ersten Urlaub fuhr er nach Hause. Aus seinem hilflosen Schützling war ein bildschönes Katzenfräulein geworden, grau getigert, die schwefelgelben Augen und das Mäulchen blauschwarz umrandet, an den Füßen feine schwarze Ledersohlen, die Schwanzspitze schwarz und aschegelb das seidige Bauchfell. Als die Familie frühstückte, hatte auch Holli ihren Stuhl am Tisch, auf dem die Kerze brannte; die Vorderpfoten lagen nebeneinander auf der weißen Tischdecke, sie wartete mit Anstand auf ihr Porzellanschälchen, in das jeder etwas Gutes vom eigenen Teller legte. Als sie satt war, blieb sie in anmutiger Haltung sitzen, die Pfötchen auf der Tischdecke. Offenbar war sie glücklich über den Besuch ihres Retters und verfolgte Worte und Gesten der Familie mit gespitzten Ohren und wachem Blick. Das blauschwarz glänzende Mäulchen war breit gezogen zu einem großen Katzenfesttagslächeln. Und plötzlich sprang sie mit elegantem Satz dem Kai auf die Schulter, rieb, kräftig schnurrend, den Kopf an seinem Gesicht und sagte auf Kätzisch: »Schnurrili-schnurrilei, die bösen Zeiten sind vorbei.« Damit sprang sie in den Garten hinaus.

Seit jener Winternacht, in der Kai das Kätzchen gerettet hatte, war zwischen ihm und Golda nichts mehr so wie sonst. Als hätte eine Zauberin den Glanz fortgewischt, der auf ihrer Liebe gelegen hatte. Wollte Kai wie früher versinken in Goldas Feuer, tauchte unversehens das Bild der Katze vor ihm auf, und all das Strahlen, das von der weißen Villa und ihren Bewohnern ausging, wurde im Licht der topasgelben magischen Katzenaugen stumpf und trist.

Und es kam schon bald der Tag, an dem Kai der Golda für immer den Rücken kehrte. Schnurrili-schnurrilei …

Schwein muss man haben

Sie hieß Walli Pottke, und man erzählt sich, dass ihre Vorfahren aus dem Polnischen kamen, wo sie Pferdehändler und Rosstäuscher gewesen sein sollen. Einen Totschläger gab es in der Familie, der bei seiner Ergreifung durch die Polizei Gift aß, woran er starb. Später wanderten die Pottkes nach Germanien aus und betrieben in der Großstadt einen Schlachthof und eine Kutscherkneipe.

Wenn Walli, die heute in einem geräumigen Haus am Stadtrand lebt und ihre zwölf Hunde mit Spritzkuchen und Kaffeesahne füttert, so ist das vielleicht auf ihren Schuldkomplex Tieren gegenüber zurückzuführen. Wenn sie nämlich an die Koteletts, Schnitzel, Lendenstücke, an das Gepökelte, an Kassler, Rippchen, Bauchfleisch und die unendlichen Kilometer von Blut- und Leberwurst denkt, zu denen die Pottkes im Laufe ihres Lebens unschuldige Schweine, Rinder und Lämmer verarbeiteten, dann steigen ihr Tränen in die Augen. Das Blut der geschlachteten Kreatur gerann der Familie zu geruchlosem Geld, und Walli wuchs sorglos in satten Verhältnissen auf. Die Mutter verstaute das Vermögen in den Tresoren friedlicher Länder, schaffte vom Überfluss ein Mietshaus an im belebten Rotlichtmilieu der Stadt und kaufte sich der Unterhaltung wegen eine Kneipe, die sie »Das Glücksschwein« nannte, wo sich Müllfahrer, Hehler, Huren und allerlei Künstlervolk die Klinke in die Hand gaben.

Da Mutter Pottke tagsüber in der Kneipe nach dem

Rechten sah, war Tochter Walli oft sich selbst überlassen. Sie war acht Jahre alt, als sie sich mit Rosa und Lilli anfreundete, die in der Etage über den Pottkes wohnten und erfolgreich jenem Gewerbe nachgingen, das Lust ohne Liebe verkauft. Ein sonderbares Kribbeln lief Walli jedes Mal über den Rücken, wenn sie die Wohnung der beiden Damen betrat. Sie bewunderte die silbernen Haarbürsten, die geschliffenen Duftflakons, die Puderquasten, Lippenstifte und Nagellackfläschchen auf der goldenen Frisierkommode mit den verstellbaren Spiegeln. Der Kleiderschrank, aus dem es verlockend duftete, barg Schätze feinster Damenkleider, Spitzenwäsche und seidener Strümpfe.

Eines Tages lernte Walli bei den Schwestern den Schauspieler Jonathan kennen, dessen blaue Augen und schwarzer Lockenschopf sie tief beeindruckten. Sie erschauerte, als der Künstler ihr über das Haar strich und das Händchen küsste. »Du bist so schön und rein, wunnevolles Mägdelein!«, zitierte er und schaute dem Kind mit Glutaugen bis ins Herz. Dann gab er Walli einen Klaps auf den Hintern und schickte sie heim. Walli heulte vor Eifersucht. Das Bild Jonathans blieb für immer in ihrem Gedächtnis, und sie hatte später den Drang, sich an allen Mannsbildern zu rächen, weil keiner war wie Jonathan.

Walli entwickelte wenig Interesse für Schulangelegenheiten und Studiererei, sie mogelte sich frech von einer Klasse zur anderen. So bezahlte sie die stets hungrige Klassenerste Erna für das Vorsagen im Unterricht mit Leberwurststullen, für die Herstellung eines Hausaufsatzes gab es eine Mark. Als Erna aber eines Tages eine ganze Kalbsleberwurst für einen sehr langen Hausaufsatz verlangte, rastete Walli aus. Sie zerdrosch den schweren Schulatlas auf Ernas Kopf, sodass deren Brille zerbrach und ihr ein Glassplitter tief in die Wange schnitt. Mutter Pottke gelang es, mit Trostpflastern aus feiner Räucherware und Trüffelleberwurst den drohenden Schulskandal abzufangen, doch sie versohlte ihr Früchtchen nach Strich und Faden und kürzte ihr das Taschengeld.

Walli schwor der Erna heimlich schwarze Rache. Bei Rosa und Lilli heulte sie sich aus und ließ sich mit Nougat und Cognacbohnen vollstopfen. »Das dämliche Lernen macht uns die Kleine noch ganz machulle!« Rosa tupfte Walli Reispuder auf die Wangen und holte ein großes Bilderbuch aus der Schublade. »Wird Zeit, dass du was Vernünftiges lernst!«, sagte sie mit Entschiedenheit.

Walli verzog den Mund. »Ick kann Bücher nicht leiden. Bücher machen Pickel. Die Erna hat schon lauter Pickel von die doofen Bücher«, murrte sie.

»Kiek mal erst rein!«, antwortete Rosa.

Walli schlug das Buch auf und fand darin Männer abgebildet. Lauter Nackedeis, schlanke, fette, muskulöse, braun gebrannte und sahneweiße, stellten sich in koketten Posituren zur Schau. Auf den Bäuchen, Hinterteilen, Rücken und an einigen ganz und gar unaussprechlichen Körperteilen befanden sich eingezeichnete rote Kreise. Wallis Hände wurden feucht, die Ohren heiß, die Stimme heiser. »Wat sollen denn die roten Kreise?«, fragte sie neugierig.

Rosa piekte mit dem Zeigefinger auf die Markierungen. »Das sind die erogenen Zonen des Mannes«, erklärte sie der wissbegierigen Zuhörerin.

Walli hob fragend die Schultern.

Rosa lachte. »Ganz einfach. Wenn du einen Mann brauchst zum Abstauben, musst du diese empfindlichen Stellen genau kennen. Du spielst darauf wie auf einem Akkordeon. Dem Mann gefällt das, und der frisst dir anschließend aus der Hand. Vater und Mutter verkauft der dir für den Spaß. Männer sind geil! Merk dir das.« Sie drückte Walli das Buch in die Hand und fügte hinzu: »Wissen ist Macht, hat meine erste Puffmutter gesagt, als sie mir dieses Buch schenkte.«

Walli ging heim. Dort las sie, zuerst mühsam, mit dem Finger nachhelfend, dann immer flüssiger, und wenig später fuhr sie so schnell im Buch umher wie mit Schlittschuhen auf der glatten Eisbahn.

Das hatte unerwartete Nebenwirkungen. Walli bekam in der Lesestunde ihre erste selbstverdiente Eins. Sie steigerte ihre schulischen Aktivitäten, indem sie in der Klasse einen Zirkel zur Erforschung der erogenen Zonen der Mitschüler gründete. Selbst die Musterschülerin Erna nahm daran teil. Als Erna am schokoladensüchtigen Olaf, dem Oberfaulpelz der Klasse, ihre Untersuchungen vornahm, hielt Walli diesen Augenblick rachsüchtig auf einem Foto fest. Sie senkte auf diese Weise ihre Selbstkosten, denn künftig hatte Erna die Hausaufsätze kostenlos zu liefern. War sie unwillig, pflegte Walli zu sagen: »Soll ick das Bild deinem Vater zeigen?«

Die Zeit ging dahin, und als die Sportlehrerin eines Tages an Ernas Taille eine verdächtige Rundung bemerkte, stellte sie die Schülerin zur Rede. Erna schwieg und sprang noch in derselben Stunde von der obersten

Sprosse der Turnhallenleiter in den Tod. Die Angelegenheit wurde nie aufgeklärt.

»Armes Mädchen, die Erna«, sagte Mutter Pottke nach der Beerdigung und nahm Tochter Walli von der Schule, an der so schreckliche Dinge passierten. »Wozu sollst du lernen, du erbst sowieso alles.« Als Spielgefährten schenkte sie ihrem Sprössling einen jungen Boxerrüden mit faltiger Stirn, kurzer Schnauze, starken Eckzähnen und blutunterlaufenen Augen. An Charlies Halsband hing ein kleiner Goldbarren mit der Inschrift »Walli und Charly«. Die beiden wurden unzertrennlich, schliefen in einem Bett, badeten in einer Wanne und aßen von einem Teller. Wie seine Herrin naschte der Hund gerne Pralinen und Eierlikör, so wie sie döste auch er ganze Tage auf dem Kanapee vor sich hin. An ihrem fünfzehnten Geburtstag erfreute Walli ihre Gäste mit einer Travestieshow, in der Charlie die Hauptrolle spielte. Der Rüde trug eine blonde Lockenperücke, schwarze Strapse und einen Spitzenbüstenhalter. Wenn Charly Männchen machte, durfte er ein Glas mit Eierlikör ausschlecken. Charly schaffte sechs Gläser, dann verdrehte er die Augen und schlief auf dem Tisch ein.

Musste Walli bei Mutter Pottke in der Kutscherkneipe aushelfen, lag Charly in einem Korb am Tresen, ließ sich von den Gästen füttern und trank ab und zu ein kühles Bier. Walli spülte derweil die Gläser, räumte Eisbeinknochen in den Müll, wischte die Esstische sauber und lernte von Mutter Pottke das Abkassieren der Gäste. Sie fühlte sich wohl unter den lärmenden Mannsbildern, und ihre Anwesenheit sorgte für höheren Umsatz. Manch Müllfahrer trank sein Bier nur deshalb im »Glücksschwein«, weil sich Walli von ihm unter den Rock fassen ließ. Diese Erfahrung brachte Tochter Pottke auf eine Geschäftsidee. Als ihr nämlich der angedudelte Theo wieder beim Servieren an die Wäsche gegangen war, sagte sie beim Abrechnen zu ihm: »Für das Kneifen einen Zehner extra! Ick bin nämlich minderjährig. Oder?« Theo zahlte. Auch die übrigen Mannsbilder griffen ins Portemonnaie. Tauchte ein Neuer in der Kneipe auf, machte sie ihm so lange schöne Augen, bis er zufasste und berappen musste. So verdiente sich Walli im »Glücksschwein« buchstäblich einen goldenen Hintern.

Eines Tages aber gab es ein Problem. Walli stand eben im Begriff, einem frischen Kunden die Kneifakzise abzuknöpfen, als dieser amtlich wurde, einen behördlichen Ausweis vorzeigte und Walli unter vier Augen zu sprechen verlangte. Im Hinterzimmer der Kneipe erfuhr Tochter Pottke, dass sie es mit einem Mann zu tun hatte, bei dem Zuverlässigkeit und Verschwiegenheit die Grundlage seines Wirkens darstellten. Man habe ihre kriminellen Aktivitäten im »Glücksschwein« über Jahre beobachtet und wisse auch um die Hintergründe des Todes einer gewissen Schülerin Erna. Es sei nun allerhöchste Zeit, die Schurkereien anzuzeigen. Der strenge Herr, er hieß übrigens Montag, machte eine Pause, sein Blick tastete Walli ab, die sich verfärbt hatte. »Es sei denn, Sie erweisen sich als kooperativ«, sagte er.

Walli tat es. Am Tag ihrer Volljährigkeit übernahm sie die Leitung eines frisch erbauten, wie aus dem Ei gepellten Geschäftshäuschens, einer Luxustoilette, die nur für Autobahnbenutzer aus der freien Welt bestimmt war, die quer durch das Mauerländchen fuhren und die

Befriedigung ihrer Bedürfnisse in harter Währung zu bezahlen hatten. Wallis Tätigkeit betraf die Intimsphäre von Menschen und war top secret.

In dem staatlich subventionierten Bedürfnistempelchen blühte Walli körperlich und seelisch auf. Wie hübsch und blank hielt sie die kleine Nobelstätte friedlicher Einkehr! Ihre groben Kutscherkneipenmanieren machten einer pikanten Höflichkeit Platz. Sie las den Kunden die Wünsche von den Augen ab, verkaufte ihnen Krimsekt, Kaviar, russischen Wodka und Spielzeug aus Tante Beates Wunderland. Nicht selten geschah es, dass der eine oder andere Geschäftsreisende sich die adrette Anbieterin für eine Viertelstundenromanze mietete, und Walli achtete darauf, dass danach mindestens ein satter Hunni in ihrem Ausschnitt landete.

Mit zunehmender Erfahrung entwickelte sich Walli innerhalb der Zunft zu einer Persona gratissima, erfreute sich großer Beliebtheit und wurde von den geltenden Gesetzen kaum berührt. Sie durfte fast alles. Die verschwiegene Bedürfnisanstalt wuchs sich zu einem Liebestempel von behördlichem Interesse aus, wo Walli wie jene Circe residierte, die dunnemals hochwohlgeborene Reisende mit Kuchen und Weinmus bewirtete, um sie danach in borstige Schweine ohne Würde und freien Willen zu verwandeln. In dem gemütlichen Bauwagen, der hinter den gepflegten Hecken des Pavillons stand und rund um die Uhr von Fachleuten betreut wurde, konnte sie, wenn sie Freizeit hatte, die im Tempelchen von einer versteckten Videokamera aufgenommenen kleinen Lustspiele anschauen, die dort anlandeten, auf Kassetten gespeichert und hinsichtlich ihrer Brauchbarkeit und ihres gesellschaftlichen Nutzens ausgewertet wurden. Die erotischen Miniaturen mit Wallis Stammkunden als Protagonisten ermöglichten es Herrn Montag, sein Bataillon d'amour auszubauen und so manchen begabten Romeo, so manche begabte Julia in Dienst zu nehmen und mit Aufträgen in die Welt zu schicken.

Man sah es Walli nach, dass sie in ihrem Revier zu wildern begann und einige Hauptdarsteller von Kurzfilmen für private Zwecke nutzte, wie beispielsweise den Herrn Ministerialrat Heller. Der in der freien Welt hoch angesehene Heller hatte einen Narren an Walli gefressen und versäumte es auf seinen Dienstreisen nie, ihr Etablissement zu beehren. Die letzte Tändelei aber sollte ihm zum Verhängnis werden, da die Schäferin kaltherzig den Videorekorder einschaltete und der gestandene Herr sich als Held einer ungewöhnlich pikanten Lovestory wiedererkannte. Walli stellte ihrem Kavalier drei Fragen: »Soll ich die Show Ihrer Familie zeigen? Könnten Sie sich die Bilder in der Presse vorstellen? Was würde Ihr Minister dazu sagen?« Heller reagierte schicksalsergeben und stellte Walli, ohne zu zögern, einen fetten Scheck aus. Darüber hinaus war er bereit, die Ersparnisse seiner Schäferin gewinnträchtig in einer sicheren ausländischen Bank anzulegen. Kurz danach erfuhr Walli vom tragischen Ableben des Ministerialrates, der das Opfer eines Verkehrsunfalls in den Tiroler Alpen geworden war.

Tochter Pottke saß nun schon in der Wolle, wollte aber noch in die Seide. Deshalb richtete sie mit einem kleinen Startkapital ein stilles Wechselstübchen ein, wo Leute ihres Vertrauens gegen einen bescheidenen Aufschlag Währungen hin und her tauschen oder ihre Grundstücke im Mauerländchen gegen Devisen verkaufen konnten. Bei der Gelegenheit erstand sie zum eigenen Gebrauch preisgünstig ein schönes Landhaus am grünen Rand der Großstadt, das sie mit Fenstergittern, Spieß- zäunen, Hundezwingern und grimmigen Betonlöwen ausstatten ließ.

Die Geschäfte nahmen Walli so gefangen, dass sie ver- gaß, nach ihrer Mutter zu sehen, die inzwischen alt und hinfällig geworden war. Eines Sommertages fand man sie hingestorben an einem Schlaganfall im Hinterzim- mer der alten Kutscherkneipe. Walli bereitete ihrer Er- zeugerin ein stattliches Begräbnis, schmückte das Grab mit einem Marmorstein und machte sich ans Erben.

Nach Jahren kam der Tag, wo Walli ihren Tempel ver- lassen musste, denn dem scharfäugigen Herrn Montag war nicht entgangen, wie grob der Zahn der Zeit an der fleißigen Mitarbeiterin genagt hatte. Eierlikör, Pralinen, der Überschwang an Sinnentaumel hatte sie frühzeitig in eine aufgeschwemmte Matrone mit fettem Gesäß und breitem Mopsgesicht verwandelt, die die Durchreisenden nicht mehr zum Aufruhr von Gefühlen verleiten konnte. Sie erhielt zum Abschied eine Medaille und den ruhi- gen Ersatzposten einer Expertin für Hedonismus, die für Nobelhotels des Ländchens knackige junge Damen zu begutachten hatte, um sie prominenten Besuchern, Geschäftsleuten, Künstlern und Politikern zuzuführen.

Es ergab sich, Walli hatte eben eine international ge- schätzte Künstlertruppe versorgt, dass ihr im Foyer ein junger Mann auffiel, der seinem Aufzug nach nicht in die noble Hotellandschaft passte, ein Einheimischer, der aber eine deutliche Ähnlichkeit mit jenem Jonathan hatte, den sie bei Lilli und Rosa kennengelernt, der ihr damals den poetischen Vers aufgesagt und den Klaps auf den Po verabreicht hatte. Eigentlich hätte Walli den unerwünschten Eingeborenen aus dem Hotel verjagen müssen, aber die fatale Ähnlichkeit weckte jugendliche Begierden in der überreifen Frau. Als der junge Mann hilflos seine Taschen nach Münzen durchwühlte, um den abkassierenden Kellner zu bezahlen, griff sie hilfreich ein, legte ihm die Hand auf die Schulter, setzte sich an den Tisch und sagte mütterlich: »Jetzt trinken wir erst mal einen Cappuccino auf Kosten des Hauses.«

Hanspeter, Meisterschüler im Fach Komposition an einer hervorragenden Musikhochschule des Landes, sah sich gerettet, bedankte sich höflich und vertraute der hilfreichen Fee während des Kaffeestündchens die Probleme seines Lebens an. Er warte hier auf den berühmten Dirigenten Cosimo, der zu einem Gastspiel eingereist war. Hanspeter zog eine Notenrolle hervor. »Mein erstes Klavierkonzert«, sagte er stolz. Er hoffe, der Dirigent könnte ihm behilflich sein, das Werk in der freien Welt verlegen und aufführen zu lassen. Walli versprach dem hocherfreuten Studenten, ihm in den nächsten Tagen zu einer Begegnung zu verhelfen.

Der junge Mann, der außer Kaffee und Cognac nichts im Magen hatte, geriet in Euphorie. Er begleitete die mütterliche Freundin nach Hause und genoss ihre Gastfreundschaft. Walli besserte Hanspeters Stipendium mit einem Hunni auf, versprach ihm einen gebrauchten Kleinwagen und stellte ihm ein goldenes Schlüsselchen in Aussicht, das ihm bald die Tür aus dem Gitterländchen in den goldenen Westen öffnen sollte. Überglücklich leerte Hanspeter den Sektkelch, in den Walli zuvor eine kräftige Droge mit aphrodisierender Wirkung hineingeschüttet hatte, sodass sich das Greenhorn im Handumdrehen gelöst fühlte. In Rausch und Nebel genoss Hanspeter die verblühten Reize der Dame, ähnlich jenem verdrehten Doktor Faustus, der dunnemals, verblendet durch teuflische Tricks, die schöne Helena noch im allerletzten Weibe erkannte. Er fraß Staub, und er fraß ihn mit Lust. Das ungleiche Paar verlebte eine Nacht von elementarer Wildheit, in der es so walpurgisch zuging, dass der altersschwache Haushund in den Garten flüchtete und bitter den Vollmond anheulte.

Als Walli am nächsten Morgen ihrem Gast den Kaffee ans Bett brachte, wusste Hanspeter nicht, was alles passiert war. Unbehagen erfüllte ihn, und sein Schädel dröhnte disharmonisch. Vergeblich versuchte er, sich an Einzelheiten zu erinnern. Erst als Walli kokett das Hemd vor ihm lupfte, kam das Erlebte blitzartig in sein Bewusstsein zurück. Was hatte er getan?

Er bekreuzigte sich. Aber was er sah, war wirklich, löste sich nicht auf wie Teufelsspuk. Fleischlich, in voller Breite stand Walli vor ihm.

Er sprang aus dem Bett, griff nach den Kleidern und wollte das Weite suchen. Walli aber verstellte ihm den Weg, drückte ihn in den Fernsehsessel und schaltete den Videorekorder ein. Hanspeter erlebte bei vollem Bewusstsein die vergangene Nacht in Ton und Bild. Er hörte Walli sagen: »Bleib hier. Wir beide sind doch ein gutes Team. Ich hab nun mal für Künstler was übrig! Um Mäuse brauchst du dir dann auch keine Sorgen mehr zu machen.« Als Hanspeter schwieg, fuhr sie fort:

»Oder soll ich das kleine Lustspiel mit einer Empfehlung an deinen verehrten Dirigenten, Herrn Professor Cosimo, schicken, damit er dich fördert? Übrigens würde die Firma ›Horch und Guck‹ schön staunen, wenn die von deinen Umzugswünschen wüsste.«

Hanspeter fühlte, wie ein irres Lachen aus ihm hervorkochte, das ihn bis in die letzte Körperzelle hinein schüttelte, das nicht zu bändigen war, bis er vor Erschöpfung zusammenbrach. Speichel rann aus seinen Mundwinkeln, die aufgerissenen Augen blickten ins Leere. Der Notarzt diagnostizierte Schock und Stupor. Sechs Monate lang hing Hanspeter am Tropf. Der behandelnde Arzt in der geschlossenen Abteilung versuchte später, ihn mithilfe von Musik zu therapieren, und stellte ihm ein kleines Xylophon ins Krankenzimmer. Hanspeter spielte darauf von morgens bis abends »Hänschen klein«. Er sei ein schwieriger Fall mit geringen Heilungsaussichten, sagte der Arzt.

Walli verwand ihren Misserfolg rasch, zumal große Veränderungen über das Ländchen hereinbrachen. Patchwork-Germany wurde aus der Taufe gehoben. Sie befürchtete zunächst, dass eine gewisse neue Behörde indiskrete Fragen an sie richten würde. Aber davor bewahrte sie zum Glück das pikante kleine Filmarchiv, das sicher in einem ausländischen Tresor schlummerte. Manchmal dürfen selbst allerstrengste Behörden nicht frei entscheiden, wenn es um die Offenlegung des Privatlebens gewisser Protagonisten geht, damit die große Politik keinen Schaden nimmt.

Die Wende im Land bekam Walli wie eine Badekur. Es gelang ihr, sich erfolgreich um-und-umzuwenden. Ein erfahrener Schönheitschirurg saugte ihr manches Kilo Fett von Bauch, Hüften und Gesäß, liftete Gesicht und Hals und straffte den Busen. Kunstvolle Haar- und Zahnimplantate rundeten ihre Erscheinung vorteilhaft ab, und wäre da nicht der unverwechselbare Rotlichtcharme ihrer Sprache gewesen, der chirurgischen Eingriffen gegenüber resistent war, sie hätte sich selbst nicht wieder erkannt.

Walli begründete mit einem Teil des Vermögens eine Stiftung, deren Gegenstand die Entwicklung und Betreuung junger künstlerischer Talente sein sollte, und man muss sagen, dass sie heute als Förderin ästhetischen Nachwuchses eine gute Figur macht. Zurzeit fährt sie einen pinkfarbenen Porsche, und immer sitzt neben ihr ein Adonis, der ihr Enkel sein könnte. Ihre Favoriten sind in der Regel junge Männer mit schwarzem Haar und traumschönen blauen Augen ... Nun ja, Schwein muss man haben!

Die Verzauberung oder der Strahlende

Als ich noch mit veilchenblauen Augen und voll Frühlingssaft durch die Welt ging, alle Leute für gut hielt, weil ich das halt schön gefunden hätte, wären sie alle gut gewesen, damals, es war just die Zeit meiner kleinsten literarischen Anfänge, besuchte ich erstmals eine erlauchte Zusammenkunft meiner Berufskollegen und setzte mich mit scheunentorgroßen Erwartungen, in einer Art Weihnachtsstimmung, zu ihnen. Im Präsidium thronte einer der Großformatigen, ein Arrivierter, ein Strahlender gewissermaßen, dessen Glanzauge mich, die ich im Vergleich zu ihm ein Schwesterchen Namenlos war, zufällig streifte, um sich dann aber fest an mir zu verhaken. Da sah auch ich ihn genauer an, und meine Vorstellungskraft kleidete ihn in einen Lichterkranz, geflochten aus literarischem Ruhm, der damals tatsächlich schon über den Ozean bis ins Land des wilden Felsengebirges und der Niagara-Wasserfälle reichte. Kurzum, unsere Blicke häkelten eine goldene Maschenkette zwischen ihm und mir, an deren Gängelband wir nach Schluss der Veranstaltung an der Ausgangstür aufeinanderstießen.

Der Olympier schlug vor, mich nach Hause zu fahren, was ich annahm, überzeugt von seinen unirdischen, rein geistigen Absichten, meine noch zaghaften poetischen Triebe zu stärken und gärtnerisch zu betreuen. Ich stieg in seinen Donnerwagen, der sich als schwarzer Mercedes letzten Typs entpuppte, ich bestieg ihn, wie man als Irdische auf eine Wolke mit Goldrand tritt, die ein Titan einem vor die Füße schiebt. Unterwegs füllte der

Strahlende meine grauen Zellen mit den Namen von Autotypen, wovon er überquoll, was zur Folge hatte, dass seitdem meine Sensibilität hinsichtlich des Erkennens diffiziler Unterschiede zwischen Kraftfahrzeugen verschiedenster Macharten eine beachtliche Ausprägung erfuhr. Auf der Wolke mit Goldrand schwebend, nahm ich voller Arglosigkeit auch nicht zur Kenntnis, dass mein Kraftfahrer es offenbar mit Parkverboten, jedenfalls in meiner Kniegegend, nicht so genau zu nehmen schien.

So lud ich denn in Erwartung poetischer Befruchtung den Wortgiganten ein in mein Haus, das mir die Wohnungsverwaltung, weil schwer vermietbar, inklusive Holzwurm, Loch im Dach, Schimmel im Keller zum Gesundwohnen überlassen hatte und das in seniler Altersschwäche seinen Putz trübsinnig und grau von den Wänden schüttelte. An jenem Tag hatte ein unbekümmerter Aprilregen den unbefestigten Torweg verschlammt, und vor der rissigen, schiefen Tür saß treu wartend auf einem Stoß frischer Tageszeitungen, die mein tierliebendes Mütterlein mitleidig ausgebreitet hatte, mein großer Wolfshund, matt glänzend vom Schlammpfützenbad, neben sich eine Jagdtrophäe, eine getötete Ratte vom vernachlässigten Nachbargrundstück. Mein Gast kletterte, wie mir schien, leicht betreten über den um seine Beute besorgten Vierbeiner hinweg, der knurrend die Rückenhaare aufstellte, und setzte sich, meiner freundlichen Einladung folgend, vorsichtig auf den altersschwachen Zimmerstuhl, der unter dem Gewicht des massigen Poeten aufseufzte.

Während ich den Kaffee bereitete, begann mit mir eine seltsame Augenverzauberung. Ich sah plötzlich schärfer, wie durch ein starkes Vergrößerungsglas und entdeckte, dass die Zimmerdecke Risse hatte, der Fußboden zerkratzt, der Tisch wacklig, die Keramiktasse angeschlagen und mein Kaffee von billiger Sorte war. Nicht, dass ich dies alles vorher nicht gewusst hätte, gehörte doch das Spitzweg-Bild vom armen Poeten, der in seinem Bett unter einem Regenschirm sitzend schreibt, während das Wasser durch das undichte Dach fließt, zu meinen liebsten Kunstwerken, nein, ich hatte nur alles anders gedeutet, ihm anderes Gewicht beigemessen, niemals eine menschliche Wertung davon abgeleitet! Aber plötzlich änderte sich mein Blickwinkel. Ich sah mit den Augen des preisgekrönten Meisters, schmeckte mit seiner Zunge, empfand mit seiner Nase und spürte das Ungemach, die Verlegenheit, die ihn offenbar in meiner dürftigen Behausung überfiel.

Der Satz, den der Strahlende nach längerem Schweigen und kurzem Räuspern mit heiserer Stimme vorsichtig ausformte, grub sich in mein Gemüt.

Es gäbe eben auch hier, im Land der Sonnenjugend, Reiche und Arme, sogar unter den Schriftstellern … Irgendwie kaute der sonst so Wortgewaltige in plötzlicher Sprachlosigkeit an seiner Äußerung herum, hüstelte, und seine Stirn wurde feucht. Ich konnte spüren, wie sich Peinlichkeit, greifbar wie dicker Nebel, im Raum ausbreitete.

Ich fand es gruselig, wie mir im Rahmen meiner Augenverzauberung die goldumrandete Wolke unter den Füßen wegrutschte und – schlimmer noch – wie der poetische Strahlenkranz vom Haupte des Titanen schwand und ich in meinem Zimmer plötzlich einen fremden, massigen Mann vorfand, teuer gekleidet, mit betretenem Gesichtsausdruck, sattlippig und mit deutlicher Neigung zum Plattfuß ... Als hätte ein Schamane die Hand im Spiel!

Nach einer geschundenen Viertelstunde war die Kaffeetasse leer, der Besucher reichte mir zum Abschied die feuchte, schlaffe Hand und stieg verschreckt über den auf der Schwelle liegenden knurrenden Wolfshund, hastete den aufgeweichten Torfpfad entlang und warf sich echauffiert in seine besternte schwarze Limousine. Ich sah befreit, wenn auch leicht beklommen, dem qualmenden Auspuff des Götterwagens hinterher.

Wenn ich dem Titanen heute auf Versammlungen begegne, sein Ruhm wächst und blüht verdientermaßen ständig, setze ich mich so, dass sein Glanzauge mich nicht trifft. Ich will nicht, dass mein Anblick ihm das Bild meiner desolaten Behausung, allerlei vom Regen zerknautschter Zeitungen, eines knurrenden Schäferhundes plus toter Ratte und das Aroma billigen Kaffees ins Gedächtnis zurückruft. Nicht auszudenken, würde dann aufgrund eventueller schamanischer Umtriebe plötzlich in aller Öffentlichkeit sein Strahlenkranz erlöschen, und die Versammelten sähen auf dem Platz im Präsidium statt des Titanen einen ganz gewöhnlichen sattlippigen Mann mit starker Neigung zum Plattfuß!

Das riskiere ich nicht. Er soll leuchten in voller Schönheit. Das Schöne ist eine Produktivkraft. Das Schöne beflügelt. Ich liebe das Schöne.

Adelhelm oder der Mann im Tresor

Wenn ich an Adelhelm denke, zerreißt es mich fast vor Weinen, vor Lachen und vor Zorn.

Adelhelm war ein Mann, untadelig vom Scheitel bis zur Sohle, mit klugem Kopf, von smartem Aussehen, ein Bergkristall quasi. Immer dachte er zuerst an seine Nebenmenschen, selten an den eigenen Vorteil und schon gar nicht an das individuelle Familienglück. Der gerechten und friedlichen Sache hatte er sich verschrieben mit Haut und Haar in jenem Ländchen deutscher Zunge, östlich der Elbe, das entstanden war nach dem Zweiten Weltkrieg, als sich die Sieger wie Hunde um einen Knochen, um den zerbombten Rest des Reiches balgten.

Einen Fehler hatte Adelhelm doch. Er war zutiefst gläubig. Nicht etwa, dass er an Gott und allerlei Engel geglaubt hätte, was das Schlechteste nicht ist, denn ehrlich gemeint, führt das den Menschen auf anständige Wege. Nein, Adelhelm glaubte an seine Oberen, die er aus freiem Willen gewählt hatte. Er ging von dem Grundsatz aus: Ich bin ehrlich und gebe mein Bestes, also müssen meine Oberen, versteht sich, erst recht ehrlich sein und ihr Bestes geben. Adelhelm konnte sich nicht vorstellen, dass es unter den frischen Reichsverwesern auch Leute gab, die das Ländchen als Selbstbedienungsladen betrachteten, die Wasser predigten und Wein tranken.

Die pfiffigen Anführer kannten Adelhelm genau, und sie vertrauten ihm die wichtigsten militärischen Geheimnisse des Ländchens an. In des braven Mannes

Tresor lagerten mehr als tausend Verschlusssachen, top secret, die er zu hüten und vor den Augen Unbefugter zu bewahren hatte. Und Adelhelm bewahrte, behütete und entwickelte einen eigenen Stolz auf das, was er tat. Jahr für Jahr hefteten die Oberen ihm bunte Spangen und Ehrenzeichen an die Brust als Dank. Sie achteten streng darauf, dass es bei der Ehre blieb. Denn hätten materielle Vorteile Adelhelm nicht gefährden oder gar verderben können? Im süßen Leben stecken Tücken. Zu feierlichen Anlässen legte Adelhelm den Ehrenschmuck an und betrachtete sich wohlgefällig im Spiegel. Seine Ergebenheit der gerechten und friedlichen Sache gegenüber schwoll derart an, dass er seinem Vorgesetzten eines Tages die Bitte nahelegte, aus Gründen der Wachsamkeit im Tresor schlafen zu dürfen, in der oberen Schublade sei ausreichend Platz für ihn. Mit vor Rührung feuchtem Auge und von der Erkenntnis erhellt, dass damit einige Beschattungskosten für Adelhelm eingespart würden – Vertrauen ist gut, Kontrolle ist teuer –, gewährte der Vorgesetzte die Bitte. Seitdem hielt sich Adelhelm im Tresor auf, den er nur dreimal täglich verließ, um eine kleine Mahlzeit zu sich zu nehmen und ein natürliches Geschäft zu verrichten.

Mit der Zeit entfernte sich der wackere Mann immer mehr von der Welt, entrückte in das Paradies heiliger Pflichterfüllung und gestattete sich kaum noch ablenkende Gedanken an Frau und Kind, Haus und Garten. Nur nachts im Traum erschien ihm ab und zu eine grüne Wiese mit Blumen und Zitronenfaltern, mit schönen Frauen, die tanzten und sich in den Hüften wiegten. Zunächst nahm Adelhelm das leicht. Träume sind Schäume. Als die nächtlichen Gesichter ihn aber regelmäßig heimsuchten, kaum dass er die Augen schloss, bekam Adelhelm es mit der Angst, und Misstrauen der eigenen Person gegenüber wucherte in ihm hoch. Er ging zum Vorgesetzten und berichtete von den Heimsuchungen. Der Vorgesetzte geriet in Sorge und beriet sich mit den Reichsverwesern. Es muss vorab erwähnt werden, dass einige der Staatslenker inzwischen manches durcheinandergebracht hatten. Anstatt Wissenschaft, Wirtschaft und Kunst zu pflegen, reisten sie in der Welt umher, machten Verjüngungskuren, gründeten Jagdgesellschaften, Kartenklubs, ja sogar einen Garten Eden mit Adam und Eva für den gehobenen Bedarf, kleideten sich pariserisch und aßen von der Torte nur noch das Gelee. Als das Kleingeld knapp wurde, ließen sie sich in dunkle Geschäfte ein und pumpten sich im Land der untergehenden Sonne, bei Strunz und Hinz, ein erkleckliches Sümmchen. Die gerechte und friedliche Sache geriet immer mehr in Vergessenheit, die Leute auf der Straße zogen Gesichter und begannen ebenfalls, wie der Herr, so das Gescherr, sich durchs Leben zu mogeln. Klar, dass die Oberen bemüht waren, ihre Taten zu vertuschen oder schönzureden, und es war schon arg, wie sie Adelhelms Vertrauen missbrauchten und ihn beschwindelten. Wenn Adelhelm seinen Tresor menschlicher Bedürfnisse wegen verlassen musste, fotokopierten sie sogar die ihm anvertrauten Verschlusssachen und verhökerten sie an Hinz und Strunz.

Der Vorgesetzte besprach also mit den Reichsverwesern Adelhelms verdächtige Träume, und sie überlegten, ob er nicht zu einem Sicherheitsrisiko wurde. Sie beschlossen, ihm einen gehörigen Dämpfer zu verpassen, um seinen Diensteifer anzufeuern. Der Chef befahl Adelhelm zu sich und teilte ihm mit, dass es einem ausländischen Geheimagenten gelungen wäre, in einige Behörden des Landes einzudringen und Schaden anzurichten. Auch in Adelhelms Tresor sei er gewesen, auf den Verschlussakten hätten Ermittler Spuren nachgewiesen. Man wisse, dass der Übeltäter Fotokopien wichtiger militärischer Akten angefertigt und diese der Firma Strunz und Hinz ausgehändigt habe.

Adelhelm erbleichte. Mühsam brachte er hervor: »Ich stelle mein Amt zur Verfügung.«

Der Vorgesetzte zupfte einen Stern von Adelhelms Schulterstücken. »Sie sind degradiert! Ihr Gehalt wird gekürzt. Seien sie künftig wachsamer und stecken Sie Ihre individuellen Interessen zurück! Ich hoffe, Sie haben mit der Sache nichts zu tun!«

Von jenem Tag an stellte Adelhelm sein Leben total um. Er verließ den Tresor nicht mehr, auch nicht in menschlichsten Augenblicken. Der Militärhandel stellte ihm einen stabilen Deckelnachttopf zur Verfügung, der sich gut in der oberen Schublade unterbringen ließ, und es mangelte Adelhelm auch nicht an Zwieback und Sauerbrunnen. Beim Schlafen schloss er nur noch ein Auge, das andere hielt er mithilfe eines eingeklemmten Streichholzes offen, um den Geheimagenten nicht zu verpassen.

So verstrich viel Zeit. Adelhelm glich inzwischen schon mehr dem mumifizierten Freiherrn von Butz als einem lebendigen Menschen. Eines Tages aber schreckte er auf durch verdächtigen Lärm. Er öffnete den Tresor und sah, dass Leute in fremden Uniformen durch sein Arbeitszimmer wuselten und Schriftzeug zum Fenster hinaus in einen Müllcontainer warfen. Er griff nach seiner Pistole, aber die Uniformierten nahmen ihn fest in den Griff und drängten ihn zur Tür hinaus. »Verpiss dich! Okay?«, riefen sie ihm hinterher.

Schlafwandlerisch verließ Adelhelm das Gebäude, setzte mechanisch einen Fuß vor den anderen und erkannte die Welt nicht mehr. Von der gerechten und friedlichen Sache, der er gedient hatte, war kaum noch etwas zu erkennen. Überall hingen grelle Schilder und Plakate von der Firma Strunz und Hinz.

Irgendwie kam Adelhelm nach Hause. Seine Familie war längst ausgezogen. Er legte die Uniform ab und hängte sie sorgsam in den Schrank. Dann zog er Zivilkleidung an, drückte sich seine alte Baskenmütze tief in die Stirn und verdeckte die Augen mit einer Sonnenbrille. Entschlossen verließ er die Wohnung und ging in Richtung auf die Linie zu, die in seinen Verschlusspapieren als Landesgrenze verzeichnet war, die er in allen Einzelheiten kannte, jene Linie, hinter der sich die berüchtigte Firma Strunz und Hinz befand. Adelhelm war entsetzt. Nirgends ein Wachposten, die Alarmanlagen außer Betrieb, die Befestigungen fortgeräumt, die Grenze nur noch eine gedachte Linie und dahinter Straßen und Plätze, städtische Parkanlagen und allerlei Volk, das locker umherspazierte.

Was war geschehen? Abwehrbereit ballte Adelhelm die Fäuste, apoplektisches Rot trat auf seine Wangen, ein schmerzhafter Druck trübte ihm die Augen. Der Tag kreiste um seinen Kopf. Wie ein Schaf im Pferch vor der plötzlich geöffneten Ausgangstür, so stand Adelhelm starr, wie gebannt vor dem freien Raum, der sich ihm auftat. Eine Gruppe angetrunkener junger Leute kam heran, und sie schoben den Benommenen mir nichts, dir nichts über die Linie, Adelhelms Lebenslinie, die jahrzehntelang sein Denken, seine Arbeit, sein ganzes Leben bestimmt hatte.

»Steht rum wie 'ne Säule«, sagte ein Hahnenkammträger.

»Dem is nich jut«, sagte ein Grünhaariger und hielt Adelhelm die Whiskyflasche an den Mund. Adelhelm trank. Er nahm einen derartigen Zug, dass der Grüne anerkennend schnaufte und ihm mit Spendermiene die Flasche in die Tasche schob.

Nicht zu fassen. Er war auf der anderen Seite. Wie ein Automat ging er weiter, immer tiefer in das feindliche Gebiet vordringend. Vor dem Schaufenster eines Elektronikfachgeschäftes blieb er stehen. Über den Bildschirm flimmerten Nachrichten. Konnte das sein? Auf der Terrasse einer am Bergsee gelegenen Villa gab einer der prominentesten Oberen seines Landes ein Fernsehinterview, aus dem hervorging, dass er von Ost nach West verzogen war und jetzt für Strunz und Hinz arbeitete. Für gute Dienste im Vorfeld hatte ihm die Firma das mondäne Anwesen im Grünen übereignet. Adelhelm schwindelte es. Vor dem Schaufenster brach er zusammen. Der Grünhaarige und einige Franziskaner hoben ihn auf und schafften ihn nach Hause.

Als Adelhelm nach Tagen wieder halbwegs auf den Beinen war, stellte er eine Flasche Wodka auf den Tisch, legte seine geladene Makarow daneben und schaltete den

Fernseher ein. In der laufenden Talkshow äußerten namhafte Moderatoren und allerlei Prominente ihre Meinung darüber, dass solche verdrehten Vögel wie Adelhelm und seine Parteigänger mit ihren Spinnereien von Freiheit, Gleichheit und »Liederlichkeit« samt und sonders schuld seien an dem Schlamassel im Ländchen, in Deutschland und in der Welt überhaupt. Schufte seien das, Hergelaufene ohne Kultur und Bildung, Söldner fremder Heere, roter Pöbel, Landesverräter, Jakobiner, Bolschewisten, die Rotte Korah eben … Die Unterhaltung erreichte ihren Höhepunkt, als ein in jenen Tagen hochberühmter Sänger und Menschenfreund in seine Gitarre schlug und mit Schaum vor dem Mund kochend heiße Lieder ausspie, die die Aufforderung beinhalteten, dieses Pack zu jagen und an die Laternenpfähle zu hängen …

Adelhelm schaltete den Ton weg und nahm die Makarow zur Hand. Vor seinem inneren Auge entfalteten sich Bilder vergangener Tage: Der Memelstrand … Er spielt als Junge auf den sonnenüberfluteten weißen Dünen, wirft sich in die Wellen des Kurischen Haffs, schaut dem Vogelzug nach … Hitler holt die Deutschen »heim ins Reich« … Der Vater muss in den Krieg, in dem er umkommt … Vertreibung aus der Heimat … Umsiedlung mit Mutter und Schwester … Unterwegs Bombenangriff auf Dresden, überlebt … Zwischenstation im hungernden Erzgebirge … Abschiebung in die Magdeburger Börde … Mutter arbeitet im Salzschacht … Keine Lehrstelle, Hunger, Kälte, Löcher in den Strümpfen … Mit siebzehn zu den bewaffneten Kräften der jungen Republik … Unterbringung in Zelten, nachts frieren die Decken am Boden fest, morgens heiße Haferflockensuppe mit Zucker … Losungen: Wacht auf, Verdammte dieser Erde! … Die Häuser sollen nicht brennen. Bomber soll man nicht kennen … Anmut sparet nicht noch Mühe, Leidenschaft nicht noch Verstand, dass ein gutes Deutschland blühe, wie ein andres gutes Land … Lerne das ABC, es genügt nicht. Du musst die Führung übernehmen … Vorwärts, nicht vergessen, die Solidarität … Er wird zum Studium an die Militärakademie in Leningrad delegiert … Weiße Nächte … Lernen bis zum Fieber … schwarzer Kaviar pfundweise für wenig Rubel, Nervennahrung … Rückkehr ins Ländchen … Arbeit im Ministerium … der Tresor. Die Bilder treiben ihm Tränen in die Augen.

Von der Fratze des geifernden Sängers auf dem Bildschirm wurde es Adelhelm wieder speiübel. Er goss sich den nächsten Wodka in die Kehle. Sein Gehirn arbeitete wie ein Schaufelbagger. Was war geschehen? Was war sein Leben jetzt noch wert? Was war mit der guten Sache, der er gedient hatte? Was war mit dem Frieden und der sozialen Gerechtigkeit? Sollte das alles für die Katz gewesen sein? Sollten wirklich Geld und Gewinnsucht die Erde und die Menschen regieren und verderben? War es wirklich sinnlos, an einer gerechteren Gesellschaftsordnung zu bauen? Und seine Oberen? Hatten sie ihn und die Sache verraten?

Gab es für ihn und seine Gefährten keine zweite Chance? Er hatte nichts verbrochen, bescheiden gelebt, immer für die Sache gearbeitet … Adelhelm trank noch einen Wodka, aber das Gefühl des Umsonst-gelebt-Habens und des Betrogen-Seins verstärkte sich. Irgendwie war alles aus dem Ruder gelaufen. Irgendwo hatte er einen wesentlichen Fehler gemacht. Sein blindes Vertrauen? Hatte das der Sache geschadet?

Als er entschlossen die Makarow entsicherte, klingelte es an der Wohnungstür. Er hielt inne, zögerte. Es klingelte wieder. Adelhelm legte die Waffe zurück in die Schublade und öffnete. Vor ihm stand jener grünhaarige junge Mann, dem er am Tag seiner Grenzüberschreitung begegnet war und der ihn heimgebracht hatte.

»Wie jeht's denn? Besser? Warst janz schön fertig neulich. Haste'n Kaffee für mich?« Er griente und schob Adelhelm einen Packen Druckschriften in die Hand. »Wir haben eine Zeitung gegründet. Kiek ma rin!« Er faltete ein Blatt auf. Adelhelm las die Überschrift: »Ohne Gerechtigkeit ist der Staat nichts anderes als eine große Räuberbande.« Der Grünhaarige lachte. Könnte von Che sein, wat? Nee. Der Satz entstammt dem alten Kirchenlehrer Augustinus. Vermoost ist der nicht, stimmt's?« Er lachte und riss den Mund bis zum Rachen auf.

»Setz dich!«, sagte Adelhelm, goss ihm Wodka ein und brachte einen Kaffee. Als sie die Gläser hoben, sagte der Junge: »Es fängt doch alles erst an, Mensch!«

Als der Junge weg ist, hockt Adelhelm noch lange vor der Flasche, schluckt, denkt, grübelt. Vielleicht hab ich nicht ganz durchgesehen … Vielleicht war ich ein Idiot … Aber die gute Sache, die gibt es, die muss es einfach geben. Wo kommen wir denn sonst hin?

Seit einer Woche trägt Adelhelm Zeitungen aus. Immer im Morgengrauen, bei Wind und Wetter, wenn die Vögel aufstehen. Er pfeift ihnen zu.

Im Zeichen der Schlange

Wer kennt ihn nicht, den Äskulapstab, das Symbol der Heilkunst, der Medizin, des Arztes? Kaum jemand, der durchs Leben kommt, ohne mit ihm Berührung gehabt zu haben. Dieses Zeichen erfüllt mich mit Achtung jenen gegenüber, die zu den Jüngern Äskulaps gehören und ihre seelischen, geistigen und körperlichen Kräfte einsetzen, um Kranke zu heilen.

Aus der Geschichte der Medizin wissen wir, dass der Stab auf die Verbindung hindeuten soll, die zwischen Erde und Himmel, zwischen dem Irdischen und dem Kosmischen existiert. Die Schlange aber, die sich an ihm hochwindet, verkörpert Eigenschaften, die für erfolgreiches Heilen Voraussetzung sind. In den antiken Tempeln lebten Schlangen, die verehrt wurden wegen ihrer Sanftheit und Milde, wegen ihrer Wachsamkeit und Scharfsicht, auch wegen der Fähigkeit, sich zu häuten, sich zu erneuern. Nicht zuletzt zollte man ihnen Achtung und Liebe wegen der Heilkraft ihres Körpers, der in vielfältiger Weise zur Herstellung von Medizin genutzt wurde.

Ich liebe Schlangen, sie faszinieren mich: die Schönheit ihrer Haut, ihre anmutigen Bewegungen, die ihnen eigene Unerschrockenheit, sogar ihre Unerbittlichkeit. Nie vergesse ich die Begegnung mit einer hochgiftigen Sumpfnatter im Tjumener Erdölgebiet Westsibiriens, die ich offenbar in ihrem Revier aufgestört hatte, wie sie sich steil vor mir aufrichtete und züngelnd die schönen Augen auf mich richtete. Sie erschien mir wie eine verwunschene Göttin, oder mindestens wie eine Schamanin, Herrin über Leben und Tod. Langsam und still zog ich mich vor ihr zurück, und sie ließ mich gehen.

Doch zurück zu den Jüngern des Äskulap, das heißt zu einer seiner Jüngerinnen, von der hier die Rede ist, der Hausärztin unserer Familie, die für mein Leben besondere Bedeutung erlangte.

Die junge Doktorin, ich nenne sie Liddi, erinnerte in Wesen und Gestalt an eine Putte, an einen der berühmten kleinen Engel mit und ohne Flügel, wie sie in der Kirchenmalerei oft zu finden sind. Sie schien herabgestiegen zu sein aus der Bilderwelt, um in irdischen Gefilden als treuer Begleiter und Beschützer des Menschen ihren Dienst zu verrichten, wobei ihr Gesicht weniger Gottesfurcht, dafür umso mehr Sinnenfreude, Lust am Diesseitigen, weniger Verklärtheit, aber viel Realitätsbezogenheit widerspiegelte. Das mochte auch mit Liddis Abstammung zu tun haben, denn ihre Vorfahren lebten im Kaschubischen, in der Gegend um Gdansk, dem ehemaligen Danzig und waren Nachfahren der westslawischen Pomoranen (die am Meer wohnen). Handfest und erdverwurzelt, betrieben sie vorwiegend Fischfang und Landwirtschaft. Ohne ein eigenes Staatsgefüge zu besitzen, lebten sie lange Zeit problemreich im Spannungsfeld zwischen Zwangsgermanisierung und Zwangspolonisierung.

Liddis Altvordere hatte es jedenfalls irgendwann westwärts verschlagen, und die junge Ärztin lebte und arbeitete inzwischen als Allgemeinmedizinerin in einem freundlichen Berliner Randbezirk, wo sie als Leiterin eines Ambulatoriums tätig war, das sich nicht zuletzt durch ihr persönliches Wirken eines ausgezeichneten Rufes erfreute. Mein Sohn, der als Kind häufig von Halsentzündungen geplagt war, ging gerne in ihre Sprechstunde, und er malte ihr ein Bild mit Sonne, Mond, Haus, Blumen und Katzen, das sie in ihrer Praxis an die Wand heftete. Liddi pflegte sich Zeit zu nehmen für ihre Patienten, besonders für Kinder, denen sie durch ihre Herzenswärme die Angst vor dem Doktor nahm. Trotz der Arbeitsbelastung, zu der viele Hausbesuche, Nachtdienste, Vertretungen und Weiterbildungstermine gehörten, schaffte sie es, eine eigene Familie aufzubauen, für Mann, zwei Söhne nebst Schwiegermutter da zu sein und nebenher einen zauberhaften Garten zu pflegen, der die Familie mit Obst, Gemüse und einer Vielfalt von Blumen beschenkte.

Liddi vertiefte sich in das Leben ihrer Patienten, sie versuchte, deren soziale und persönliche Umstände in Diagnose und Therapie einzubeziehen, die Menschen ganzheitlich zu begreifen, den echten Ursachen ihrer Krankheiten auf die Spur zu kommen, anstatt sich mit der Beseitigung von Krankheitssymptomen zu begnügen. Bisweilen gelangte sie dabei an ihre physischen und psychischen Grenzen, vor allem wenn sie dem unerbittlichen schwarzen Schnitter Tribut zollen musste und mit den trauernden Angehörigen an frischen Gräbern stand. Ich versuchte zu verstehen, woher ihr immer wieder neue Kraft zufloss. Vielleicht aus dem Glauben? Aber Liddi war keine Kirchgängerin und schien mir keiner Religion anzuhängen. Sie war zu diesseitig, und ich vermute, dass sie vielleicht dem großen Kreis jener Intelligenz angehörte, die man als verschämte Gläubige bezeichnet, die vor allem aufgrund der extremen Entfaltung der Naturwissenschaften die menschliche Erkenntnisfähigkeit überschätzen, an der Existenz Gottes zweifeln und sich auf keinen Fall in der Schar unbedarfter Leichtgläubiger sehen wollen, die Märchen und Legenden für bare Münze nehmen und sich Gott als freundlichen Mann mit langem Bart vorstellen, der inmitten seiner Engel irgendwo im Himmel sitzt und meditiert. Ich glaube, Märchenhaftes oder gar Mystisches war einfach nicht Liddis Ding. Jedoch kam es mir manchmal vor, als würde in der Tiefe ihres Herzens ein Fünkchen Gottesfurcht glimmen, das sie allerdings zu ihrer Verschlusssache machte. Nein, ich neige zu der Auffassung, dass die Hauptquelle ihrer immer wiederkehrenden Kraft ihr überaus tüchtiger und charismatischer Ehemann war, der als technischer Direktor eines Werkes arbeitete, das landwirtschaftliche Maschinen herstellte, auf den sie sich in allen Dingen des diesseitigen Lebens verlassen konnte und der Liddi in einen goldenen Mantel aus Liebe hüllte, sie aber auch klug und streng zu fordern wusste. Außerdem war sie dem Prinzip eherner, fast preußischer Pflichterfüllung ergeben, das ihr zur zweiten Natur geworden war. Sie verschob die Dinge nicht auf morgen und packte den inneren Schweinehund, wenn der sich mal zeigte, sofort beim Kragen. Der Einsatz von Selbstdisziplin half ihr dauerhaft, innere Energiereserven zu entwickeln.

Als dann der Augenblick kam, als in Deutschland der Große Klaus dem Kleinen Klaus seine Ordnung und Lebensart überstülpte, als zu Unrecht erklärt wurde, was im Ländchen als Recht gegolten hatte, wurde auch Liddis Leben brutal auf den Kopf gestellt. Das Ambulatorium wurde geschlossen, Liddi entlassen und abgewickelt. Ihrem Mann widerfuhr das Gleiche. Plötzlich standen beide ohne Broterwerb und ohne Sicherheiten auf der Straße.

Die Krise erschütterte Liddi zutiefst. Hatte sich ihr Leben schon erfüllt? Mit fünfzig? Traurigkeit drückte sie nieder. Das Band zwischen ihr und den Patienten war zerschnitten. Keinem konnte sie mehr helfen. Ihr Leben hatte seinen Sinn verloren. Sie saß in der Veranda ihres Hauses, den Entlassungsbrief vor sich, und blickte in die unfreundliche Aprilnacht hinaus. Sie goss sich den letzen Rotwein ins Glas. Die historische Abrissbirne war gegen ihr Lebensgebäude, ihr Lebenswerk gewuchtet und hatte es zu Trümmern gemacht. Wer hatte das Recht, ihre Biografie, ihre Leistung in Frage zu stellen, durchzustreichen, zu entwerten wie einen falschen Text …? Es war Zeit, ein Ende zu machen. Der Große Klaus hatte ihre Planstelle gestrichen, in seiner Welt war kein Platz für sie. Liddi trank das Glas leer …

Als ihr Mann sie Stunden später fand, lag sie fiebernd am offenen Fenster, und der nasskalte Aprilwind fegte unbarmherzig über sie hinweg. Es dauerte Wochen, bis Liddi durch die Pflege ihres Mannes wieder auf die Beine kam. Ihr erster Satz, den sie mit klarem, kühlem Kopf formulierte, hieß: »Komm, wir geben nicht auf!«

Das Ehepaar beschloss, eine private Arztpraxis einzurichten, was ohne finanzielles Polster fast unmöglich schien. Mit Mut zum Risiko packten die beiden an, nahmen einen Bankkredit auf und bauten mit eigenen Händen die untere Etage eines Zweifamilienhauses zu einer Hausarztpraxis um. Schnell fanden die alten Patienten den Weg zu ihrer vertrauten Ärztin, die Sprechstunde war immer überfüllt. Fast ein Jahr lang arbeitete Liddi, ohne von den Behörden das ihr zustehende Honorar zu bekommen. Wieder stand die Familie vor dem Aus, weil Kreditraten, Miete und Lebensunterhalt nicht mehr bezahlt werden konnten. Im allerletzten Augenblick traf die längst überfällige Überweisung der Krankenkassen ein und bewahrte das Ehepaar vor dem sozialen Zusammenbruch.

Obwohl die größten finanziellen Sorgen überwunden waren, geriet Liddi während ihrer Tätigkeit zunehmend psychisch und moralisch unter Druck. Plötzlich war sie nicht nur Ärztin wie dereinst im Ambulatorium des Ländchens, sondern sie war gleichzeitig Geschäftsfrau, die durch Heilen Gewinn erwirtschaften musste. Die Behörde schrieb vor, welche Medizin, welche Therapien sie welchen Patienten verschreiben durfte und welchen nicht. Die Kassen machten Unterschiede, und Liddi ging es gegen den Strich, dass Patienten zu Kunden mutierten und ihre Praxis zum Krämerladen verkommen sollte. Denn es ging gegenwärtig nicht so sehr um das zum Heilen Notwendige, sondern um das für die Kassen besonders Günstige. Gewinn und Einsparung bestimmten wesentlich das medizinische Handeln.

Immer häufiger brachte das aufgeschreckte ärztliche Gewissen Liddi um den Schlaf, immer quälender kam ihr der Eid des Hippokrates, das Grundgesetz der Jünger des Äskulap in den Sinn, den sie aus den Vorlesungen an der Universität kannte, der in Deutschland allerdings keine juristischen Konsequenzen hatte, aber dennoch als moralische und ethische Leitlinie ärztlicher Tätigkeit galt. In einer ihrer schlaflosen Nächte holte Liddi sich das alte Lehrbuch der Medizingeschichte aus dem Regal und las den Eid gründlich Wort für Wort, zerpflückte die Sätze und maß die inzwischen eingerissenen Verhaltensweisen medizinischer Tätigkeit an den im Eid enthaltenen Forderungen. Dabei stieß sie immer wieder auf schwerwiegende Diskrepanzen. Sie las: »Bei meiner Aufnahme in den ärztlichen Stand gelobe ich feierlich, mein Leben in den Dienst der Menschlichkeit zu stellen. Ich werde meinen Beruf mit Gewissenhaftigkeit und Würde ausüben. Die Erhaltung und Wiederherstellung der Gesundheit meiner Patienten soll oberstes Gebot meines Handelns sein. Ich werde alle mir anvertrauten Geheimnisse wahren. Ich werde mit allen meinen Kräften die Ehre und die Überlieferung des ärztlichen Standes aufrechterhalten und bei der Ausübung der ärztlichen Pflichten keinen Unterschied machen, weder nach Religion, Nationalität, Rasse noch nach Parteizugehörigkeit oder sozialer Stellung. Ich werde jedem Menschenleben von der Empfängnis an Ehrfurcht entgegenbringen und selbst unter Bedrohung meine ärztliche Kunst nicht in Widerspruch zu den Geboten der Menschlichkeit anwenden. Ich werde meinen Lehrern und Kollegen die schuldige Achtung erweisen. Dies alles verspreche ich feierlich auf meine Ehre.«

Welch Zündstoff steckte in diesen Sätzen! Liddi verging jede Lust auf Schlaf. Hellwach durchstöberte sie ihr Gedächtnis nach Patienten, denen beispielsweise dringende Operationen, schmerzlindernde Massagen und andere heilende Therapien wegen ihres höheren Alters, oder weil sie nicht privat versichert waren, gar nicht erst empfohlen oder verweigert wurden. Wieder fiel ihr der krasse Motivationsunterschied ärztlichen Wirkens im Ländchen und im gegenwärtigen vereinten Deutschland auf. Nein, das Ambulatorium war keine kommerzialisierte, am Gewinn orientierte Einrichtung gewesen! Im Vordergrund hatte die Heilungsverpflichtung des Arztes gestanden. Und jetzt? Sie musste den Überlegungen des Heidelberger Professors Eckart zustimmen, der das Dilemma beklagte, »unter ökonomischem Zwang« heilen zu müssen. Solche Umstände forderten Gewissen und Moral des Arztes immer wieder neu heraus. Wie gerne hätte Liddi im Sinne des alten Paracelsus, des landfahrenden Arztes Theophrast von Hohenheim, gehandelt, von dem die Worte stammten : »Der höchste Grund der Arznei ist die Liebe.«

Das Dilemma, »unter ökonomischem Zwang heilen zu müssen«, trat für Liddi deutlich hervor, als ich mich eines Tages Hilfe suchend an sie wandte, weil mich plötzlich eine lebensgefährliche Krankheit überfallen hatte. Durch eine im Krankenhaus verabreichte Spritze war ein resistenter Keim in meinen Körper gelangt, der sich zerstörerisch in meiner Wirbelsäule einnistete. Große Schmerzen und totale Bewegungsunfähigkeit waren die Folge. Ich wurde in verschiedenen Kliniken untersucht, Ärzte stellten falsche Diagnosen, ich war höllischen Torturen unterworfen. Schließlich war der Erreger ermittelt, man pumpte mich erfolglos mit Kortison und Antibiotika voll und legte mich in ein Gipsbett, um die Zerstörung der Wirbelsäule aufzuhalten, was zu unerträglichen Hautreaktionen führte. Hinzu kam, dass der Versorgungszustand in der Klinik katastrophal war: Das winzige

Einbettzimmer war mit zwei Patienten überbelegt, für Wäsche und Hygieneutensilien stand mir nur das Fensterbrett zur Verfügung, das Fenster ließ sich nicht schließen, die Verrichtung der Notdurft hatte sich nach dem Zeitplan der Schwestern zu richten, die Fäkalienpfannen wurden auf dem Tisch abgestellt, wo auch das Essen serviert wurde, es gab kein Zahnputzglas, die Zahnbürste wurde im Waschwasser befeuchtet ... Schmerzen, Qual und Ekel hatten mich auf den Hund gebracht, ich aß nicht mehr ... Inzwischen hatte der Erreger eine Bandscheibe völlig zerstört.

»Ich muss hier raus, ich sterbe sonst«, sagte ich zu meinem Mann.

Er informierte Liddi, die dafür sorgte, dass man mich aus der Klinik entließ. Sie organisierte ein Krankenbett für zu Hause mit einer Vorrichtung zur Verabreichung von Medikamenten über einen Tropf, besorgte die notwendigen Arzneien und Pflegemittel, ließ mich täglich durch Schwestern eines Pflegedienstes versorgen und übergab mich an ihre junge Nachfolgerin, die sich gewissenhaft und einfühlsam um meine weitere Heilung bemühte und täglich Hausbesuche bei mir machte. Ein Jahr lang lag ich bewegungsunfähig im Bett. Mein Mann versorgte mich gewissenhaft auch während der schlimmen Nachtstunden. Selbst mein Kätzchen betätigte sich durch Schnurren und Schmeicheln als kleine Therapeutin. All die Liebe und Hinwendung gaben mir Kraft und Zuversicht. Ich nahm die Krankheit an und betete. Und eines Tages war es dann so weit. Ich stand wieder auf. Es war ein Wunder.

Ich weiß, Liddi hätte mich auch aufgeben können,

diesen intensiven Pflege- und Medikamenteneinsatz unterlassen können. Schließlich war ich im Rentenalter und nicht privat versichert. Zudem hatte in unseren Breiten der Satz vom sozial verträglichen Frühableben älterer Menschen durchaus gesellschaftliche Relevanz. Niemand hätte ihr am Zeug flicken können, wenn ich draufgegangen wäre. Aber sie gab mich nicht auf. Der Schwur des Hippokrates war ihr im Gedächtnis.

In meinem Fall und auch anderen Patienten gegenüber hatte Liddi versucht, sich über vorgegebene Verordnungsgrenzen hinwegzusetzen und die notwendigen Medikamente und Therapien verschrieben. Mehrfach hatte sie dabei das Budget überschritten, war regresspflichtig geworden und musste die Differenz aus eigener Tasche bezahlen. So geriet sie selbst immer wieder in Situationen, die die eigene Existenz bedrohten. Aber irgendwie schaffte sie es, Auswege zu finden und die Dinge mit der Zeit besser in den Griff zu kriegen.

Als Liddi nach zwanzig harten Jahren ihre Praxis schloss, sie war siebzig geworden, konnte sie summa summarum auf eine positive Bilanz schauen. Mit ihrem Ehemann zusammen war es ihr geglückt, beide Söhne auf gute Wege zu bringen und ihnen akademische Ausbildungen zu ermöglichen. Beide arbeiten in gediegenen Berufen und haben inzwischen eigene Familien gegründet. Liddi hatte sich in das andersartige Gesellschaftssystem hineingefunden, sich nicht unterbuttern lassen, war ihren alten Patienten treu geblieben und hatte neue hinzugewonnen. Trotz aller Risiken glückte es ihr, die finanziellen Hürden zu nehmen, sich sicher im Bereich der schwarzen Zahlen anzusiedeln und materiellen

Wohlstand zu erlangen. Und soweit es in ihrer Macht stand, hatte sie versucht, »nach Kräften die Ehre und die Überlieferung des ärztlichen Standes aufrechtzuerhalten und die ärztliche Kunst nicht in Widerspruch zu den Geboten der Menschlichkeit anzuwenden«.

Liddi hat jetzt mehr Zeit. Sie reist viel umher, sieht sich die Welt an. Aber sie hat ihren Beruf nicht einfach an den Nagel gehängt. Ein echter Doktor Eisenbart kann ohnehin aus seiner Haut nicht heraus. Ihre Tür ist offen. Wann immer in ihrer Umgebung schnelle Hilfe nötig ist, wenn Freunde, Bekannte, Verwandte, Nachbarn in Bedrängnis sind, sie lässt keinen im Regen stehen.

Endlich hat sie auch Zeit, sich über grundlegende Probleme des Heilens, des Gesundheitswesens Gedanken zu machen, beispielsweise über das leider bestehende Missverhältnis zwischen Schulmedizin und überlieferter Naturheilkunde, über verhängnisvolle Entwicklungen in der Pharmaindustrie, die zum Teil von einer Heil bringenden zu einer Unheil bringenden Institution mutierte, die aus Profitgier Krankheiten erfindet, um Unsummen an Impfstoffen und Medikamenten zu verdienen. Liddi denkt darüber nach, wie sehr der Beruf des Arztes beeinflusst wird von der jeweiligen Politik eines Landes, vom Lobbyismus, vom Durchsetzungsvermögen spezifischer wirtschaftlicher Interessengemeinschaften. Liddi hinterfragt Inhalte von neuen Wörtern, Unwörtern und Euphemismen, wie beispielsweise: Praxisgebühr, Blutskandal, Klonschaf, Arzneimittelausgabenbegrenzungsgesetz, Genmanipulation, BSE-Krise, SARS, Schweinegrippe, Rentnerschwemme, sozial verträgliches Frühableben, Stammzellenimport, Impfindustrie usw. Immer wieder stößt sie dabei auf die Grundfrage: Ist die Medizin, wenn sie sich den Gesetzen des Marktes unterzuordnen hat, nicht eigentlich ein Widerspruch in sich selbst, der Menschenrechtsverletzungen zur Folge hat? Sollten medizinische Institutionen nicht marktunabhängig funktionieren? Gehört die Medizin in private Hände?

Vor einigen Tagen lud Liddi mich zu einem weiten Spaziergang durch die Spätsommerlandschaft ein. Wir gingen durch bunte Baumalleen, und sie erzählte mir von einem Albtraum, der sie letzte Nacht gequält hatte. Irgendwie war sie in einen riesigen Industriekomplex geraten. Sie wandelte durch große sterile Fabrikhallen und sah, wie von einer kleinen wissenschaftlichen Elite Menschen an Fließbändern hergestellt wurden, Bioroboter, atmende Zellklumpen, Wegwerfware mit besonders erzüchteten Eigenschaften wie scharfem Sehvermögen, starker Hörfähigkeit, intensivem Geruchssinn, feinstem Tastsinn und enormer Körperkraft, dabei ohne Seele, Gewissen und soziale Empfindung, ein Heer von Sklaven, darauf programmiert, die aufmüpfigen Erdenbürger zu ersetzen.

Liddi war bleich und ihre Augen dunkel gerändert, der Traum regte sie auf, die Schlaflosigkeit hatte sie angegriffen. Ich war betroffen von den grausigen Bildern, die in Liddis Unterbewusstsein wucherten, von ihren die Entwicklung des Menschengeschlechtes betreffenden dunklen Visionen. Das alles passte doch eigentlich gar nicht zu ihr, dem freundlichen kleinen Barockengel von einst. Sollte der eingeschlossene Funke von Gottesfurcht in ihrem Herzen zu zündeln begonnen haben?

Vielleicht holt die Wirklichkeit Liddis Traum bald ein,

geht es mir durch den Sinn. Aber ich spreche den Gedanken nicht aus, sondern sage: »Sieh nur, welch leucht-
ende Farben die Sonne in die Birken und Ahorne hängt!
Lichtsignale aus dem Universum. Sollten wir nicht viel
öfter mal nach oben schauen?«

Mein Vater ist ein Spitzbub,
meine Mutter hat gestohl'n,
mein Bruder sitzt im Zuchthaus,
und mich wer'n se bald hol'n.
(Schnaderhüpferl)

Eine sozial denkende Person

An einem pladdrigen Morgen saß ich in einer Espressokaffeewolke vor einem Aktenstoß am Schreibtisch meiner Detektei, die ich, hochgestapelt, als »Bureau of Investigation and Security« in das Register der Handelskammer hatte eintragen lassen – schließlich ist Werbung schon die halbe Miete – und sah die Liste polizeilich erfasster Ladendiebe durch, die ich mir unter der Hand beschafft hatte.

Zwar habe ich keinen blauen Dunst von Detektivischem, vor der Wende schrieb ich Bilderbücher, Leporellos, Tiergeschichten und Märchen, wo es vor Marienkäfern, Gänseblumen, Sonnenstrahlen, guten Feen und anderen Lichtelementen nur so wimmelte, aber die Wende hatte mich auf die gegenüberliegende Seite des Lebens geschmissen, auf die Schattenseite, die voll war von Spitzbuben, Gaunern, Schweinebacken, Wüterichen, Raufbolden, Langfingern und Messerstechern.

Ich sagte mir damals: Der Mensch muss essen, also: »Hinein ins volle Menschenleben, und wo du's anpackst, ist es interessant.« Vielleicht war es meine Fantasie, ich konnte mir alles vorstellen, was es eigentlich nicht gab, die meine Firma so toll aufblühen ließ und erfolgreich machte, und hätte es nicht das Finanzamt gegeben, das mir mit stählernem Griff die Gurgel abklemmte, ich hätte bestimmt Läden und Supermärkte der Großstadt für alle Zeiten vom organisierten Ladendiebstahl befreit. Wenn ich jetzt zurückdenke, fällt mir auf, dass Finanzämter und Ladendiebe ganz ähnliche Eigenschaften besitzen. Sie denken kurzsichtig, leben von der Hand in den Mund, ohne sich mit den Schadensauswirkungen ihres Handelns ernsthaft zu belasten.

Auf meiner Liste tauchte wiederholt der Name Kowalsky auf, ein Langfinger, der durch regelmäßige Diebereien aufgefallen war, doch ich kam nicht dazu, mich dem Fall näher hinzugeben, weil ich Besuch von meiner Busenfreundin Carlota bekam, die ihre schwergewichtige Figur so rücksichtsvoll wie ein karibischer Hurrikan in einen Bürosessel warf und atemlos den Inhalt meiner Espressokanne in den Schlund kippte, als wäre sie am Ableben durch Verdursten.

»Also, so geht es nicht weiter!«, sagte Carlota. »Eben war ich beim Arbeitsamt. Keine Stelle gemäß meiner Ausbildung als Krankenschwester. Auch kein Job als Sprechstundenhilfe in einer Arztpraxis. Nichts als Schnulli! Eine Streetworkertätigkeit hätte ich machen dürfen oder die Betreuung von schulentfremdeten Jugendlichen! Ich hab sie mir angeschaut: Schulschwänzer, vierzehn Jahre alt, ein Meter achtzig groß, fett, laufen tagsüber in Pampers rum, weil sie noch einkacken, und sind gleichzeitig Väter und Mütter von zweijährigen Babys! Und wenn du ihnen was sagst, versprechen sie dir, dich in Einzelteile zu zersägen und in Plastetüten von Aldi auf dem Müllplatz zu entsorgen.«

Carlota verspeiste aufgeregt sämtliche Mozartkugeln, die auf meiner silbernen Besucheretagere prangten, fixierte mich entschlossen und rief: »Pass auf! Ich schreibe jetzt einen Krimi! Der Buchmarkt wird geradezu überschwemmt von seichten Schwarten, von lebensfremden Schmökern, die sich irgendwelche Spinner im Elfenbeinturm aus den Fingern saugen. Die Schreiberlinge verdienen sich goldene Nasen damit, und die Leser fallen einer Massenverblödung anheim. Ich mache das anders. Mein Krimi soll knallharte Wirklichkeit widerspiegeln. Echte Probleme von echten Menschen!« Carlota schüttelte enthusiastisch ihre feuerrote Lockenpracht, sodass ich fürchtete, das Büro könnte in Flammen aufgehen.

»Und was erwartest du dabei von mir?«, fragte ich vorsichtig. Carlotas Zustand erschien mir reichlich euphorisch.

»Du baust mich vorübergehend als Ladendetektivin in einem Supermarkt ein, ich schnuppere herum, damit ich im Stoff stehe, das Milieu kennenlerne, die Typen, das ganze Marktleben. Kann doch sein, es passiert grad was Dolles, dass ein Profi die Schmucketage leer räumt oder mit der Kasse abhaut. Und schon ist der Speck in der Pfanne!«

Ich versalze niemandem gerne seine Ideen, und wenn sie noch so verrückt sind, denn manchmal legt selbst die brägenklütrigste Henne ein schönes Ei. Doch ich war in meinem Innersten skeptisch. Carlota war zart besaitet, mildtätig, verwundbar. Würde sie den Job aushalten? Schließlich stimmte ich schweren Herzens zu und schickte sie schon am nächsten Tag zu neun Uhr in der Früh als Gehilfin meines besten Ladendetektivs Robby in die Neuköllner Filiale einer großen Handelskette zum Mitlaufen.

In den Morgenstunden war nicht viel los im Geschäft, erst am späten Vormittag wurde es lebhaft, und Gruppen von Kauflustigen spazierten schnatternd zwischen den Regalen umher, beschnupperten die Waren, probierten Bekleidung an und besahen sich die Preise. Carlota strengte sich an, das Treiben im Auge zu behalten, als sich ihr plötzlich ein älterer Herr näherte, höflich den Hut lupfte und fragte, wie er denn den Brillenstand fände, der sei jetzt wohl woanders. »Gleich hinter dem Kosmetikstand, das zweite Regal links«, sagte Carlota und wies dem Manne die Richtung. Als sie etwas später, Kinder hatten sie abgelenkt, nach dem sympathischen alten Herrn schaute, der Brillen aufprobierte, näherte sich der Ladendetektiv Robby dem Kunden und reichte ihm die Hand. »Guten Tag, Herr Kowalsky! Lange nicht gesehen. Was ist es denn diesmal? Etwa ›Magnetic‹?«

Der Kunde nickte bekümmert und holte eine Packung des Markenparfums aus der Jacketttasche. »Einen Verbrauch hat meine Nichte! Ich weiß ja auch nicht. Und sie will partout keine andere Marke. Nur ›Magnetic‹. Tja, Verwandtschaft will gepflegt sein! Man hat ja sonst niemanden.«

Herr Kowalsky folgte dem Ladendetektiv willig ins Geschäftszimmer, die Parfumpackung, das Corpus delicti, wurde auf den Tisch gestellt, der Ladenchef nahm die Personalien des Diebes auf, und die Polizei wurde verständigt. Als Kowalsky dann das Protokoll mit elegantem Schriftzug unterschrieb, bemerkte Carlota staunend, dass der Täter eine kostbare Rolex am Handgelenk trug.

»Sie haben Hausverbot, Herr Kowalsky«, sagte der Geschäftsleiter streng. »Lassen Sie sich bei uns nicht mehr blicken.«

Der Delinquent nickte, verabschiedete sich mit Handkuss von Carlota und verließ in vorzüglicher Haltung den Laden.

»Ein hoffnungsloser Fall!« Der Geschäftsleiter blätterte in den Täterlisten. »Allein in diesem Jahr wurde er zwölf Mal in unseren Filialen beim Diebstahl des Markenparfums erwischt, obwohl er überall Hausverbot hat. Da nützt keine Geldstrafe, kein Einsitzen. Er macht das immer wieder, und einige Tausender unseres Mankos gehen allein auf sein Konto.«

Wenn schon, dachte Carlota, als sie die Treppe zur Kinderbekleidung hinunterging. Kowalsky war nett, und er tat ihr leid. Der reiche Laden hier verkraftete das Manko spielend. Sollte der Alte doch an der Parfumpulle herumschnuppern, wenn er Spaß daran hatte. Die Kleinen fing man, die Großen ließ man laufen. So war das. Sie aber würde da immer ein Auge zudrücken.

Carlotas Überlegungen wurden unterbrochen, weil ihr ein Kinderwagen in die Hacken fuhr, den zwei junge Frauen vor sich her schoben, in dem sich offenbar ein kleines Mädchen befand, wie die rosa Ausstattung es vermuten ließ. Während die Mutter sich bei Carlota entschuldigte, steckte die andere heimlich einige von den wunderschönen Strampelhosen und Jäckchen unter die aufgeknöpfte Wachstuchdecke des Gefährtes. Carlota kniff die Augen zu. Nein, sie hatte nichts gesehen. Das kann ich nicht machen, dass ich die armen Schweine verpfeife. Arme haben die Kinder, Reiche die Rinder. Was aus Armut geschieht, soll man leicht vergeben! Gleich fielen Carlota noch weitere Spruchweisheiten über Armut ein, die sie aus dem Simrock kannte und die sie sich zum Verständnis der eigenen Unterlassung hersagte. Das sind doch die Aschenputtel unserer Gesellschaft! Sozialhilfeempfängerinnen, die, von ihren Kerlen im Stich gelassen, im Hinterhof der Fun Society vegetieren. Carlota musterte die beiden Frauen, die die gleichen Jogginganzüge aus blauer Baumwolle trugen, in denen ihre fetten Hinterteile, wuchtigen Oberschenkel und ausufernden Bäuche unvorteilhaft zur Geltung kamen. Die tintenblau und giftgrün gefärbten struppigen Haarschöpfe waren die I-Punkte der vergammelten Erscheinungen. Die reinsten Asphaltblumen, dachte Carlota und schalt sich gleich darauf selbst eine Lästerziege, denn schließlich war sie eine sozial denkende Person, und es gehörte sich nicht, über Schattenkinder zu spotten.

Die beiden Frauen kramten noch ein bisschen in den Regalen herum und schlenderten langsam auf den zweiten Ausgang zu, der nicht an den Kassen vorbeiführte, da sie keine Ware im Einkaufswagen hatten. Als sie auf der Straße waren, sah Carlota, wie sich ihnen Robby, der Ladendetektiv, in den Weg stellte. »Meine Damen, Sie haben vergessen zu bezahlen. Wollen Sie das bitte nachholen?!«

»Was denn? Wieso denn?«, kreischten die beiden. »Wir haben doch nichts gekauft! Bist wohl vom Affen gebissen!« Sie schimpften laut und versuchten dabei, Weite zu gewinnen. Robby eilte ihnen nach. »Sie haben Ware in den Kinderwagen gesteckt. Vielleicht aus Versehen. Wir klären das in der Geschäftsleitung. Kommen Sie bitte mit!«, sagte er sachlich und fasste an den Griff des Gefährtes. Die Frauen keiften: »Hilfe! Der entführt unser Kind! Der ist bekifft! Hau ab, du Wichser!«

Das Geschrei der Frauen ließ Passanten und Anwohner zusammenlaufen, die sich zwischen den Kinderwagen und Robby schoben. Carlota bekam einen Schubs, der sie hart auf dem Straßenpflaster landen ließ. Es entwickelte sich eine Rauferei. Mit Mühe gelang es Robby, sich aus dem Klammergriff eines Bierbauchchaoten zu befreien und den Frauen nachzusetzen, die in Richtung Omnibushaltestelle zu entwischen versuchten. Er sah gerade noch, wie Carlota, statt ihm zu helfen, hinkend im Ladeneingang verschwand. Robby rannte mit qualmenden Socken und kämpfte sich immer wieder den von Leuten verstellten Weg frei, die ihn für einen Vergewaltiger oder Kinderschänder hielten. Als er endlich freie Bahn hatte, waren die Frauen, die sich bestens in der Gegend auskannten, verschwunden. Robby flitzte um etliche Karrees und erblickte plötzlich die Diebinnen, wie sie die gestohlenen Waren über den hohen Zaun eines verwilderten Industriegeländes warfen und dann Fersengeld gaben. Scheibenkleister, dachte Robby und spuckte wütend aus, denn kein Zeuge war in der Nähe, der den Vorgang hätte bestätigen können. Vor Gericht ergab so etwas Aussage gegen Aussage. Er konnte nur noch über den Zaun klettern und die Ware einsammeln. Es war alles vom Feinsten: Dior-Lippenstifte, Joop-Parfum, amerikanische Eyeliner, Astor-Mascara, Lancôme-Puder aus Paris, Lidschatten von Chanel und obenauf die hübscheste Babybekleidung.

Als Robby im Zimmer des Ladenchefs den Preis der Waren errechnete, kamen mehr als fünfhundert Euro zusammen, und Carlota, die sich inzwischen mit einem Cognac auf Kosten der Firma erholt hatte, dachte, dass sie dies den beiden Seelchen in den blauen Jogginganzügen nicht zugetraut hätte. Aber leid taten sie ihr trotzdem. Was wusste man denn über die wahren Verhältnisse der beiden Frauen? Vielleicht hatten sie ja schwerwiegende Gründe für ihr Handeln!

Am nächsten Abend kam Carlota blass und abgekämpft ins Büro, sodass ich ihr zur Stärkung schnell einen Cappuccino mit dicker Milchhaube zubereitete und ihr die Etagere mit frischen Mozartkugeln vor die Nase schob. »Was ist los, Carlota? Du bist abgeschlafft.«

Meine Freundin nickte, ihre gewittrige Miene versprach nichts Gutes. »Also, das mit dem Krimi … Weißt du, der Stoff trägt nicht … Mir ist das Ganze nicht sozial genug. Da liegt der Laden voll von Waren, und die Kunden, die armen Würstchen glotzen sich die Augen aus dem Kopf, können nichts bezahlen, stecken also was ein und müssen vor den Kadi. Kleine Diebe bestraft man, vor den großen zieht man den Hut. Das geht mir total gegen den Strich. Ich verstehe nicht, Paula, wie du einem solchen, entschuldige, gemeinen Gewerbe nachgehen kannst. Das hätte ich dir wirklich nicht zugetraut. Du bist ja total kaltherzig!«

Ich goss Carlota Kaffee nach, machte große Augen und sagte mit Schärfe: »Ja, glaubst du denn wirklich, dass Diebstahl die Dinge gerechter macht? Soll das der Weg zum Wohlstand für alle sein? Wenn jeder stehlen würde, was ihm unter die Finger kommt, wie wäre das Ergebnis?

Hättest du damit das Übel an der Wurzel gepackt? Ich finde Stehlen unsozial, es verändert deine persönliche Lage zeitweilig auf Kosten anderer. Beispielsweise wird das Manko in den Kaufhäusern wieder auf die Preise der angebotenen Waren verteilt, sodass jeder Käufer den Vorteil der Diebe ausgleichen muss. Wusstest du das?«

Carlota schüttelte die fuchsrote Mähne. »Ich weiß nur, dass es einen gesetzlich genehmigten Diebstahl gibt, der gilt für die Reichen und den Staat, und wenn die Armen dasselbe machen, nennt man das Klauen, und die Leute wandern in den Knast«, versetzte Carlota mit Heftigkeit.

»Da ist etwas dran«, sagte ich und nahm nachdenklich einen Schluck Cappuccino. »Das Verteilungsprinzip der Gesellschaft ist krank. Es muss verändert werden. Aber Stehlen macht es nicht gesund. Wäre es dir denn recht, wenn deine Nachbarin sich ungefragt an dem Inhalt deines Kühlschrankes vergreifen würde? Und was wäre, wenn die Armen anfingen, sich gegenseitig zu bestehlen?«

Carlota schnaufte gehässig. »Dich haben deine Eltern wohl fromm nach den Zehn Geboten erzogen! Wie moralisch! Ich als Atheistin sehe das gelassener.«

Ich ärgerte mich, dass Carlota nicht versuchte, sich in meine Haltung hineinzudenken. Wütend fuhr ich sie an: »Dein Standpunkt ist sentimental und hat mit sozialem Empfinden und sozialer Verantwortung überhaupt nichts zu tun! Denk mal an deinen verehrten Karl Marx. Der hat in London ein verdammt armes Leben geführt. Sein kleines Mädchen ist ihm buchstäblich verhungert. Aber er kam nicht auf die Idee zu stehlen, obwohl er doch selbst nachgewiesen hatte, dass der Kapitalismus ein auf dem Prinzip unredlicher Aneignung beruhendes System ist, ein Unrechtssystem. Um Gerechtigkeit und Chancengleichheit aufzubauen, müssten wir uns wohl etwas anderes einfallen lassen als Diebstahl.«

Carlota passten meine Ausführungen nicht. Sie hatte es an sich, Meinungen, die ihr nicht entsprachen, als persönliche Angriffe zu werten, und es war deshalb schwierig, fair mit ihr zu streiten. Sie hatte einen mehr als kratzbürstigen Ton in der Stimme, als sie sagte: »Also, der Krimi ist für mich gestorben. Ich denke nicht daran, den Reichtum der Reichen noch zu vermehren, indem ich ein Buch gegen die Kaldaunenschlucker und armen Schweine unserer Gesellschaft schreibe. Deine Drecksarbeit für die Profitgeier kannst du alleine machen! Danke! Das ist ja so was von abgefuckt! Du hast nicht für einen Cent soziales Gewissen. Ich jedenfalls stehe auf der anderen Seite der Barrikade!«

Carlota sprang auf, ihr brandroter Lockenkopf schien Funken zu sprühen, sie riss die Tür auf. »Morgen trete ich nicht mehr an. Und deine Meinung ist mir egal. Scheißegal!!«

Als sie die Treppe hinunterrannte, rief ich ihr empört nach: »Gruß an Kropotkin! Es lebe die Anarchie!« Ich goss mir einen großen Schwedenbitter ein. Dummes Luder!, dachte ich, aber wie immer konnte ich ihr nicht böse sein.

Ein paar Tage später rief ich bei Carlota an. Ich bin harmoniesüchtig. Es meldete sich Carlotas Freund, der am Vorabend von einer Dienstreise heimgekehrt war. Von ihm erfuhr ich, dass Carlota im Krankenhaus lag.

Sie war allein in der Wohnung gewesen, als nachts, sie lag im tiefen Schlaf, bei ihr eingebrochen wurde. Sie schreckte auf, als der Dieb gerade ihre Wertsachen, Tafelsilber, Schmuck und die Bargeldkassette aus dem Schrank räumte. Als Carlota versuchte, dem Mann die Beute zu entreißen, schlug er ihr mit gezieltem Hieb die Platinimplantate aus dem Mund und machte sie durch einen Tritt in die Magengrube kampfunfähig. »Du reiche Sau hast doch alles. Und ich hab nicht mal eine Wohnung!« Mit diesen Worten suchte er das Weite.

Ich erschrak. Das hatte die weichherzige Carlota nicht verdient. Warum musste gerade sie solch Pech haben?

Im Krankenhaus erfuhr ich, dass sie aus dem künstlichen Koma erwacht war. Es ging ihr, Gott sei Dank, den Umständen entsprechend besser. Als ich meinen Strauss Kornblumen auf ihren Nachttisch stellte, lächelte sie mühsam und sagte mit bewunderungswürdigem Sarkasmus: »Nun schreib ich den Krimi doch noch. Manchmal verhilft ein gezielter Schlag auf den Kopf durchaus zu neuen Erkenntnissen.«

Die ideale Figur

Meine abschweifende Fantasie trägt ein gerüttelt Maß Schuld daran, dass ich, als in der Schule die geometrischen Figuren definiert wurden, nur Bruchstücke davon meinem Gehirntresor einverleibte, und ich bekenne, es war in der Regel Beiwerk, in der Praxis wenig Verwendbares, was mein Interesse erregte. So blieb mir im Unterbewusstsein die nebulöse Vorstellung, dass beispielsweise der Kreis eine ideale geometrische Figur sei, weil ohne Ecken, obwohl genau besehen ganz und gar aus Ecken bzw. aus Punkten bestehend, und jeder Punkt am Kreis eigentlich fast ein Knick, ein Winkel und eigentlich eine totale Unmöglichkeit sei, und dass sich darin unter anderem die dialektische Einheit der Gegensätze widerspiegele.

Die Bruchstücke über das Wesen der Kreisfigur stiegen aus meinem Gedächtnisspeicher empor, als ich beim letzten Familientreffen das ungewöhnliche Schicksal meiner Cousine Dana bedachte, die, aufgewachsen in einer leistungsbewussten Familie unserer Tage, aus der Art zu schlagen offensichtlich im Begriff war. Danas Mutter, eine drahtige, agile Frau, deren Ehrgeiz neben wesentlicheren Vorzügen darin bestand, keine Schlamperei an Körper und Geist zuzulassen und kalorienbewusst nichts Überflüssiges an Fett unter der Haut zu dulden, wobei ihr erhöhter Grundumsatz durch eine fehlgesteuerte Schilddrüse das Streben nach absoluter Schlankheit erleichterte, diese Mutter hatte die Tochter durch lebendiges Vorbild zu einer Art Dauerfasten angeregt, das jedoch keinen achtbaren Erfolg einbrachte, da meine Cousine eine kräftige Konstitution, ein phlegmatisches Temperament samt einer überträgen Schilddrüse vom Vater geerbt hatte. Danas Leben setzte sich zusammen aus Hungerperioden und kulinarischen Exzessen, so wie in der biblischen Geschichte die fetten Kühe den mageren folgen, wodurch die Psyche des geplagten, übrigens ansehnlichen, mit natürlichen erotischen Rundungen ausgestatteten und hochintelligenten jungen Geschöpfes langsam und sicher ins Ungleichgewicht geriet. Saß sie über ihren Studierbüchern, dachte sie mit schlechtem Gewissen an die nächste Mahlzeit und bemogelte sich oft genug selbst beim Abwiegen der Rationen. Aus der fleißigen Studentin wurde mit der Zeit ein nachlässiges Geschöpf mit übergroßer Neigung zum Schlaf. Der Schlaf wurde Danas zweite Wirklichkeit. Schloss sie die Augen, verfiel sie in einen Dämmerzustand, und immer wieder erschien ihr dann ein bestimmtes Bild: Sie sah die ideale Figur eines Kreises, der sich langsam zu einer dicken lebendigen Kugel in paradiesisch satten Farben ausbildete, die langsam dahinrollte und durch deren Berührung sie ein entspanntes Gefühl, so etwas wie totale Harmonie, empfand. War Dana wach, gingen ihr Kreis und Kugel nicht aus dem Sinn, auch wanderte sie nicht mehr gern geradeaus, sondern zog verschlungene Wege vor, sie tat bewusst Gegenteiliges vom Effektiven und bewegte sich am liebsten im Kreise.

Als sie eines Tages vor der Auslage eines Bäckerladens stand, erkannte sie die ihr teure geometrische Figur wieder in den Formen gezuckerter Pfannkuchen, Rumkugeln und frischer Marzipankartoffeln. Urplötzlich funkten herrliche Assoziationen durch ihr Gehirn: rund-satt-gut-süß-fett-schön-glücklich … Ein Damm brach in ihr auf. Sie kaufte eine Tüte voll der runden duftenden Gebäckstücke, setzte sich auf die Bank vor dem Laden, verspeiste alles bis zum letzten Krümel und fühlte jene Entspanntheit, die sie aus dem Traum kannte. Und plötzlich entdeckte sie IHN. Er kam mit einer runden Tüte aus dem Laden, und sie begriff, dass er es war, den sie schlafend erahnt hatte: ein Mann, rundum rund, kugelrund, mit rundem Glatzkopf, im Rundgesicht Rundaugen, ein Rundmund über den Rundungen des Doppelkinns, dickrunde Ohren, ein rundes Gesäß, ein Rundbauch. Die kurzen Beine kurvten sich sanft zu Halbkreisen, desgleichen die Arme. Als kennten sie einander lange, rollte der Mann auf Dana zu, nahm Platz auf der Bank neben ihr und sagte: »Ich bin der Bodo.« Dana lächelte ihn an, ihr gefielen die beiden O-Vokale in seinem Namen, und sie aßen andächtig schweigend die Tüte miteinander leer, bis sie rundum satt und glücklich waren. Seitdem konnte sie nichts mehr voneinander trennen. Bodo heiratete Dana sozusagen vom Fleck weg, als der nächste Sommervollmond kugelrund am Himmel seine Runden machte.

Dana wird Bodo ähnlicher mit jedem Tag, zumal sie in gesegneten rundlichen Umständen ist. Und alles könnte nun rund und gut sein. Jedoch Danas Mutter! Danas Mutter lehnt Bodo rundweg ab. Sie nennt ihn Fettarsch, Speckkugel und Quasimodo. Er bedecke die Familie mit Schande. Nein, über diesen Schatten springt die Mutter nicht. Sie vergießt kugelrunde Tränen und leidet. Nichts läuft mehr rund in der Familie …

Was kann man tun? Ich bin rundum ratlos!

Rositas Verwandlung

Als unser kleines östliches Traumland, das nach dem letzten großen Krieg rund fünfzig Jahre existierte, sich dann eines Tages wie durch Hexerei in Luft aufgelöst hatte, wurde alles anders, und am ärgsten erwischte es dabei die Liebe.

Nun mag man über das Ländle dies oder jenes denken. Manche halten es für das Reich des Teufels, andere für den Himmel auf Erden. Geschenkt. Aber eines stimmt wirklich: Die Frauen dort waren selbstbewusste Wesen, studierten und arbeiteten nicht schlechter als das Mannsvolk und heirateten in der Regel ihren Traummann außerhalb jeglichen Geschäftssinnes. Das ging, weil sie, wie es so schön heißt, ökonomisch selbstständig waren, auf das Geld des Ehegesponses nicht angewiesen, und wenn der Partner versucht hätte, der Frau vorzuschreiben, ob sie die Wurst mit oder ohne Brot zu essen habe, hätte er sich rasch vor der eigenen Haustür wiedergefunden. Ich will sagen: Die Liebe hatte es gut. Wo immer sie hinfiel, konnte sie wurzeln, wachsen und blühen. Wohlstand und Dürftiges verhäkelten sich ineinander, da heiratete der Arzt die Köchin und die Professorin den Taxifahrer, der Schauspieler die Schweinezüchterin, die Kirchenmaus den Krösus. Und wenn die Liebe aufhörte bei einem Paar, gab es natürlich Herzeleid, man ging auseinander, blieb allein oder fand ein neues Glück. Liebe hatte Spielraum und stieß sich nicht wund an unnatürlichen Gesetzen. Sie war ein schöner Schmetterling, keine Rechenaufgabe. Dieser Zustand ist längst dahin und nur noch Erinnerung. Die Gefühle der Menschen haben sich verändert. Ich beobachte mit Sorge, wie in diesen Tagen ein neuer Frauentyp hervorwuchert, bei deren Anblick mir Federn aus dem Nacken wachsen. Nehmen wir doch nur Rosita.

Ach, wie hatte sich das Mädel verändert! Von Natur aus war Rosita eine junge Dorfschönheit mit großen Füßen, prallen Wangen und festen Oberschenkeln. In der Melkerei und auf dem Traktor hatte sie rundum eine gute Figur abgegeben. Und ganz gewiss hätte sie unter den Rinderzüchtern und Schweinemeistern des Dorfes eines Tages ihren Romeo gefunden. Aber die Wende … Ich sagte doch schon, alles war futsch oder hatte sich verflüchtigt: der landwirtschaftliche Betrieb, die Traktoren, die Melkerei. Die Rinderzüchter und Schweinemeister hatten sich zu Arbeitslosen hochgewendet, lümmelten sich schon vormittags auf den Bänken vor dem neuen Supermarkt und tranken sich an Pils dumm und dun. Rosita, prall gefüllt mit Lebensenergie, saß erwerbslos in der elterlichen Wohnung herum und hatte das tägliche Gerede der Mutter über Staubwischen und Polieren von Gummibaumblättern satt. Sie fühlte sich einsam und glich einer unbestellten Ackerfläche, die dem Sämann entgegenfieberte.

»Es ist zum Mäusemelken!« Aufstöhnend ließ sie sich in den Fernsehsessel fallen, wuchtete die in Cowboystiefeln steckenden Beine auf den Tisch, schlug auf den Einschalter und schob sich eine Ladung Popmais in den Mund. Der Bildschirm zeigte eine Modenschau, auf der ein eleganter bezopfter Herr einem betuchten Publikum seine modischen Kreationen in Samt, Seide, Kaschmir und Leder vorstellte. Rosita bestaunte die Schar elfengestaltiger junger Damen, die über den Laufsteg stolzierten, von gierigen Männerblicken aus dem Zuschauerraum verfolgt. Einen Lover müsste man haben! Mit Knete in der Tasche! Sie seufzte sehnsuchtsvoll und schaufelte sich die nächste Tüte Popmais ein.

Eigentlich sehen die ja aus wie klapprige Kühe auf verdorrter Weide, dachte Rosita, während sie missgünstig die raffinierten Hüftschwünge der Models verfolgte. Nur Haut und Knochen! Irgendwie schittrig und mickrig. Als hätten sie allesamt Schnellemachfixe oder einen Riesenbandwurm. Wie Bauer Fischkopps Stute kurz vor dem Krepieren. Den männlichen Zuschauern scheint das zu gefallen, die springen fast aus dem Sessel vor Appetit. Kopfschüttelnd knüllte Rosita die leeren Popmaistüten zusammen. Warum musste es ausgerechnet ihr so erbärmlich gehen? Wieso konnte sie sich nicht solche teuren Klamotten und Klunker leisten? Arbeiten? Wo denn? Als was denn? Die Arbeitsplätze in der Umgebung waren hin und weg. Eine Firmenidee müsste man haben. Alle naselang sprossen neue Firmen aus dem Erdboden. Die meisten waren Eintagsfliegen. Seufzend nahm Rosita die Cowboystiefel vom Tisch und sprang in die Küche, um sich eine neue Popcorntüte zu holen.

Inzwischen war die Modenschau vorbei, und ein smarter Moderator präsentierte dem Zuschauervolk seine neue Sendung »Liebe ist alles«. Rosita durchfuhr es. Das war es doch! Na klar! Die gab es schon immer. Zu allen Zeiten. Damit ließ sich etwas anfangen. »Liebe« hieß die Firmenidee! In der Schulzeit, als es noch das Ländchen gab, hatte Rositas Lehrerin oft von Produktivkräften geredet, die einen ökonomischen Betrieb in Schwung brachten, wozu auch die Kräfte des menschlichen Gehirns und des Körpers zählten. Und die Liebeskraft? Die Gefühle? Gehörten die etwa nicht dazu? Liebe versetzt Berge! Rosita ahnte nicht, dass sie eben das Fahrrad neu erfunden hatte. Begünstigt vom Zeitgeist, der sich ohnehin von der Prostituierung aller Werte zu ernähren schien, stand sie eben im Begriff, sich den Werkstätten eines ziemlich alten Handwerks zu nähern, um eine ihren individuellen Möglichkeiten entsprechende Berufsvariante zu entwickeln.

Rosita schaltete den Fernseher aus und nahm ihr Soll und Haben unter die Lupe. Kapital war die Grundlage einer jeden Firma. In der Pappkiste unter dem Bett häuften sich unbezahlte Rechnungen und Mahnbescheide für Waren, die sie über Kataloge bestellt hatte: Fernseher, Videorekorder, Musikkassetten, Filmdisketten, Cowboystiefel, Lederjacken, Joop-Socken … Zusammengerechnet ergab das rund siebentausend Miese. Dem stand auf der Habenseite ein monatliches Arbeitslosengeld von sieben Hunnis gegenüber. Rosita zog die Stirn kraus. Ätzend. Wenn das so weitergeht, decke ich mich bald mit dem nackten Hintern zu. Ich brauche einen heißen Typen, der mal ein paar Stecken rüberwachsen lässt. Aufseufzend entledigte sich Rosita ihrer Kledage und stellte sich kritischen Blickes vor den Wohnzimmerspiegel, um ihr dingliches Firmenkapital zu begutachten. Alles erste Sahne, stellte sie zufrieden fest und strich sich die Sorgenfalten aus der Stirn. Ranker, hoher Wuchs, pralle Rundungen, verpackt in frische Haut, blanke Zähne, dichtes aschblondes Haar bis weit über die Hüften. Ein Marktwert, der sich sehen lassen konnte. Oder? Rosita fielen plötzlich die Models ein, jene kahlen Gerippe, bei deren Anblick die männlichen Zuschauer aus dem Häuschen geraten waren. Nein, sie musste sich dem morbiden Geschmack der Männer anpassen! Die bestimmten schließlich, wie eine schöne Frau auszusehen hatte. Entschlossen riss Rosita sämtliche Popmaistüten aus dem Küchenspind und warf sie in den Müll. Schluss damit! Wäre ja gelacht, wenn sie es nicht schaffte, in ein paar Wochen auf das moderne Schönheitsmaß einzuschrumpfen und so auszusehen wie die vermissquiemten Krepierlis und Hopfenstangen auf dem Laufsteg.

Wildes Hupen unter dem Fenster unterbrach Rositas Bestandsaufnahme. Kalle! Nicht schon wieder! Er ging ihr auf den Docht. Diese Bulldoggenaugen, das aufdringliche Anbaggern, die dicken Mitesser am Kinn und seine klapprige Rostchaise. Verwarzter Typ. Mit ihm war kein Staat zu machen. Seine kleine Reisebusfirma, voriges Jahr gegründet, kam aus den roten Zahlen nicht heraus. Und neulich, in der Kneipe, als der Kellner die Rechnung für die paar lumpigen Küstennebel brachte, hatte er seine Taschen vergeblich nach Trinkgeld durchwühlt, und Rosita musste ihm mit zwei Märkern aushelfen. Kein Bestseller. Rosita öffnete wütend das Fenster. »Mach 'ne Flatter! Null Bock auf dich!« Sie hätte ihrer Begrüßung noch eine Schüssel Wortsülze hinterhergekippt, wäre ihr Blick nicht an dem funkelnagelneuen Motorrad kleben geblieben, auf dem Kalle saß. Eine Honda? Hatte der Laschi eine Tankstelle überfallen oder einen Millionär gekidnappt? Stolzgeschwellt saß er auf dem heißen Ofen und brachte die Anwohner mit seiner Tierstimmenhupe zur Weißglut. Hähne krähten, Schafe blökten und Rindviecher muhten. »Bist du epileppi? Ich komme ja schon!« Rosita sprang die Treppe in Sätzen hinunter. »Wo hast du denn die gekrallt? Die ist echt cool«, sagte sie bewundernd und knuffte Kalle freundschaftlich in die Rippen. Kalle strich liebevoll über den büffelledernen Sitz. »Die brettert dir leicht mit zweihundert Sachen über die Autobahn! Ein irres Feeling, wenn die durch die Kurven pfeift! Und zwei Raten sind schon bezahlt!«

»Gratuliere!«, sagte Rosita und setzte den Cowboystiefel genussvoll auf die Fußraste. Kalle strahlte. Rosita kam es vor, als hätte er plötzlich viel weniger Mitesser am Kinn. »Machen wir eine Spritztour?«, fragte Kalle.

Rosita warf die Haarflut in den Nacken und hievte den zweiten Cowboystiefel über den Sattel. »Vollgas!«, rief sie, und die beiden knatterten über das Kopfsteinpflaster des Inseldörfchens, dass die Fensterscheiben der Häuser klirrten. Endlich raus aus dem Nest! Rein in die Welt! Fahrtwind im Haar! So übermütig umschlang Rosita den Fahrer, dass das Motorrad in eine gefährliche Schräglage geriet. »Mach Dampf!«, schrie sie, und das ließ sich Kalle, der ohnehin mit jedem Kilometer temposüchtiger wurde, nicht zweimal sagen.

An der nächsten Ratstätte wurde getankt, und Kalle lud seine Gefährtin zu Grillhähnchen und Cola ein. »Bist eine echt zombige Tante! Galaktisch!« Sein Hundeblick blieb an Rositas drallen Kurven kleben. An der Kasse schaute Rosita bewundernd auf Kalles pralle Brieftasche. »Wo hast du denn so viel Kohle ergeiert? Ist dein Onkel abgeflattert?« Kalle schniefte stolz. »Bankkredit«, erklärte er. Seine Mutter habe kürzlich mit Haus und Grundstück für ihn gebürgt, um die verschuldete Firma zu sanieren und einen modernen kleinen Reisebus anzuschaffen. Einen großzügigen Dispokredit, ganze dreißigtausend Märker, habe die Bank ihm außerdem zur Verfügung gestellt. Man müsse flexibel sein, wenn man es im Leben zu etwas bringen wolle. Kalle sog die Bewunderung seiner Zuhörerin ein wie den Rauch eines Joints. »Mensch, das müssen wir feiern!«, rief sie. Sie umhalste den in Flammen stehenden Jungunternehmer und drückte ihm einen Schmatz auf die liebesdurstigen Lippen. »Wie wär's denn mit Hamburg? Da war ich noch nie. Mal so richtig die Sau rauslassen auf der Reeperbahn! High noon, denn morgen können wir schon tot sein.« Sie sprangen auf das Motorrad. Kalle folterte den Gashebel, der Motor heulte auf. »Let's fetz!", schrie er.

Es dunkelte schon, als sie die Hafenstadt erreichten. Die ersten bunten Lichter erglühten. Unterkunft gab es nur noch im ersten Haus am Platz, und als Kalle den Preis für die Suite vernahm, bekam er Ohrensausen. Für den Bruchteil einer Sekunde stieg vor ihm das Bild seiner Mutter auf, wie sie in der Bank den Kreditvertrag unterschrieb. »Geld ist nicht alles«, sagte Rosita und überwand Kalles Zaudern durch einen hinreißenden Augenaufschlag. »Wirklich, Geld spielt keine Rolex«, erwiderte er forsch, unterschrieb das Anmeldeformular, ließ sich vom Hotelangestellten den schweren Messingschlüssel für die Suite aushändigen und spendierte dem Liftboy ein Trinkgeld vom Feinsten.

Kalle öffnete die Tür, und Rosita verschlug es die Sprache. Echte Teppiche, italienische Möbel, Kristallleuchter, Wolkengardinen, ein riesiges Rundbett, umhaucht von cremefarbenem Seidentüll. »Es lebe die High Society!«, rief sie heiser und warf sich in Lederjacke und Cowboystiefeln auf die feine Lümmelwiese, dass die Seidenspitzen flatterten. Kalle sprang ihr nach. »High sein, frei sein, Feeling muss dabei sein!«, röhrte er und vernaschte die angebetete Sahnetorte ohne Serviette, Teller und Besteck. Rosita, im Zeichen des Widders geboren, tat ihrem himmlischen Vorbild alle Ehre an, bis Kalle entkräftet vom Bett rollte und offenen Mundes in einen scheintodähnlichen Tiefschlaf verfiel. Später erfrischten die Küstenkinder ihre Lebensgeister bei einer Schaumschlacht im suiteeigenen Whirlpool aus rosa Marmor, die erst durch das Eingreifen von Angestellten des Sicherheitsdienstes, denen Kalle eine angemessene Geldspende zukommen ließ, ihren friedlichen Abschluss fand. »Ob wir uns was zu picken holen? Eine Mafiatorte oder einen Flattermann?«, sagte Kalle. Rosita sprang aus dem Plüschsessel. »Alter Pottschrapper! Ich flippe gleich aus! Null Bock auf so was! Von wegen Liberté, Egalité, Pfefferminztee! Streng deine Denkmuskeln an. Ein Unternehmer pfeift sich doch keine elende Pizza ein! Er speist vom Feinsten. Wozu gibt es hier einen Zimmerservice? Dumpfbacke!« Rosita versetzte Kalle einen zärtlichen Puff und ließ den Kellner kommen. Sie studierte die Speisekarte und bestellte erlesene Gerichte, die sie aus einer TV-Sendung kannte und bei deren Anblick ihr der Zahn getropft hatte: Kaviar aus Sibirien, karibische Languste, französischen Entenbraten, Käsesoufflé und Himbeeren mit Schlagsahne, dazu etliche Flaschen Champagner.

Die beiden schlemmten und schlampampten wie

die Königskinder aus dem Märchen. »War doch nicht schlecht für den Anfang«, sagte Rosita und wischte sich den Mund mit der Seidenserviette. »Als Unternehmer musst du immer zeigen, was du draufhast. Was du isst, was du anhast, alles ist Werbung, klaro?« Kalle nickte etwas zögerlich. Durch sein betörtes Hirn geisterten allerlei Satzbruchstücke aus dem Elternhaus: Nicht mehr ausgeben, als man hat. Erst die Arbeit, dann das Vergnügen. Saure Wochen, frohe Feste. Ein Hundsfott, wer sein Wort bricht. Arbeit schändet nicht. Sparen ist Verdienen. Borgen macht Sorgen. Eine Frau kann mit der Schürze mehr aus dem Haus tragen, als der Mann im Erntewagen einfährt … War das nicht alles Wortmüll, mit dem Eltern ihre erwachsenen Kinder bis zum Brechreiz fütterten, um sie im Griff zu behalten? Kalkleistentaktik! Nicht mit mir, dachte Kalle und sperrte sein Gewissen in das finsterste Verlies seiner Ganglien. Rosita hatte ihn vom Netz geschaltet. Vor ihrer animalischen Urgewalt versank die Realität in rotem Rauch. Trick der Natur, um die Gattung Mensch zu erhalten!

»Jetzt hab ich Bock auf Disco. In einem tierischen Sound echt abschwimmen!«, sagte Rosita und zog Kalle vom Sessel hoch. »Aber unsere Garderobe. So lassen die uns nicht in den stinknoblen Schuppen.« In der hoteleigenen Boutique fanden sie das Benötigte. Markenprodukte aus aller Welt. Und flugs waren sie runderneuert von der Sohle bis zur Krawatte, vom Stöckelschuh bis zum Ohrclip. Als Rosita sich das elegante Strasstäschchen über die Schulter hängte, bat sie Kalle zur Einweihung desselben um einen Glückspfennig. »Drei ist meine Glückszahl. Mit dreimal Zero hintendran«, sagte sie und küsste Kalle den Schreck von den geweiteten Augen.

In der Hotelbar war Stimmung. »Hier kann man sich einen abhotten«, sagte Rosita. Und da die Marke Küstennebel im Hotel unbekannt war, stiegen sie um auf Jim Beam, der in seiner Wirkung dem Küstennebel eng verwandt ist. Dem Tanzvergnügen folgte ein romantischer Federball in der Suite. Erst am späteren Nachmittag des folgenden Tages erwachte Kalle, weil es an der Zimmertür hartnäckig klopfte. Der Platz neben ihm war leer. Wo steckte Rosita? Wer verlangte Einlass zu so unpassender Zeit?

Vor der Tür stand ein Hotelangestellter, der den Schlaftrunkenen darüber informierte, dass sein auf dem Hotelparkplatz abgestelltes Motorrad leider ein Opfer von Vandalismus geworden sei, wofür das Haus allerdings nicht hafte. Auch für die Beseitigung des Schrotts sei der Besitzer zuständig. Der Mann hob bedauernd die Schultern und verabschiedete sich höflich.

Kalle begriff die Botschaft nicht. Erst als er auf dem Parkplatz vor dem zerbeulten Blechhaufen stand, der mit nichts mehr an den chromblitzenden Renner von gestern erinnerte, wurde er hellwach, und trübes Wasser lief ihm über die unrasierten Wangen. Er musste die Polizei anrufen, den Schaden melden. Vielleicht ließ sich der Täter ausmachen. Atemlos eilte er zur Hotelrezeption. Dort erwartete ihn die nächste Überraschung. Der Geschäftsführer schob ihm kühlen Blickes ein elegantes Papier unter die Nase. »Ihre Zwischenrechnung, die Sie bitte sofort begleichen wollen, falls Sie beabsichtigen, Ihren Aufenthalt in unserem Haus zu verlängern.« Kalle ärgerte sich. Hatte das nicht Zeit, bis die Sache mit dem Motorrad geklärt war? Der Hotelangestellte musterte Kalle nicht ohne Arroganz. »Bedauere sehr. Aber ich muss darauf bestehen.« Er übergab Kalle das Papier. Die Zahl, die ihm von der Rechnung entgegenflimmerte, übertraf seine Befürchtungen.

Am Bankschalter legte er dem Kassierer das Schriftstück vor und flüsterte heiser: »Buchen Sie das bitte von meinem Konto ab.« Der Angestellte bediente den Computer, schüttelte den Kopf, griff zum Telefon und informierte darauf den Jungunternehmer, dass sein Dispokredit überzogen sei und die Bank das Konto hatte sperren lassen.

Kalle wurde es schwindlig. Was sollte er tun? Wer konnte ihm helfen? Rosita. Na klar. Er hatte ihr doch gestern dreitausend Mäuse in das Glitzertäschchen gesteckt. Damit könnte er wenigstens guten Willen beweisen und einen Teil der Rechnung bezahlen. Von dem misstrauischen Blick des Geschäftsführers verfolgt, bestieg er den Lift und fuhr zur Suite hinauf. Von Rosita fehlte jede Spur. Er stellte verwundert fest, dass das schicke Köfferchen mit der noblen Kleidung, das er ihr gestern gekauft hatte, ebenfalls verschwunden war. Nichts in der Suite erinnerte mehr an Rosita.

Er fuhr hinunter zur Rezeption. »Haben Sie zufällig meine Begleiterin gesehen? Ich kann sie nirgends finden.« Der Angestellte hob peinlich berührt die rechte Augenbraue. »Vielleicht schauen Sie einmal in die Bar? Unser Luxusliner ist von der Kreuzfahrt zurück. Die Schiffsbesatzung feiert die glückliche Heimkehr.«

Kalle stürmte in die Bar. War das Kintopp? Halluzination? Inmitten einer Schar fröhlicher blauer Jungs saß Rosita. Einer der Seeleute, fesch und braun gebrannt, hielt sie eng umschlungen und prostete ihr zu. Auf dem Tisch standen Flaschen mit Jim Beam. Kalle schien es, als ginge er barfuß über klebrigen Asphalt. »Rosita, komm her! Hörst du?« Er streckte die Hand nach ihr aus. Rosita lachte schrill und schmiegte sich enger an den Seemann. »Du siehst doch, ich kann jetzt nicht!« Kalle rückte näher, packte Rositas Hand und sagte drohend zu dem Jungen in Blau: »Seil dich vom Acker! Sie gehört zu mir. Oder ich mach dich zum Relief!«

Rosita riss sich von Kalle los und umhalste den Matrosen. »Das ist Sven, mein Verlobter«, sagte sie mit viel Jim Beam in der Stimme. »Checkst du das? Mach die Flatter! Du hast Mitesser am Kinn.« Kalle checkte nichts. Er war wie vom Blitz getroffen. Im Ohr hatte er noch Rositas gestrigen Schwur, bei ihm bleiben zu wollen bis ans Ende ihrer Tage. Hatte er ihr nicht zur Erinnerung an diesen großen Augenblick den Platinring mit dem großen Solitär an den Finger gesteckt? Anschließend hatten sie sich im Tattoo-Studio eine Rose in den Oberarm tätowieren lassen als Symbol ihrer Vereinigung. »Komm jetzt, Rosita!«, wiederholte Kalle nachdrücklich. Inzwischen hatte sich der Matrose wütend erhoben und Rosita entschlossen zur Seite genommen. »Wer ist der Kaputtnik, Baby? Was will der von dir? Wieso macht der Terror?« Rosita warf selbstbewusst ihre Haarpracht in den Nacken und rief lachend: »Lass doch den Psycho-Flippi! Ein Fan von früher! Längst alles Asche!«

Kalle explodierte mit der Heftigkeit einer Landmine. Er ergriff einen langbeinigen Barhocker, ließ ihn kreisen, dass es die blauen Jungs durch die Bar schüttelte wie bei hohem Seegang und Windstärke zehn. Möbel und Gerätschaften flogen durch die Luft und veränderten im Handumdrehen die gediegene Bar in eine Galerie dadaistischer Designerkunst, untermalt von einem infernalischen Sound aus Damengekreisch, Wutgebrüll und Kalles Schlachtruf: »High sein, frei sein, Terror muss dabei sein!« Der Jungunternehmer gab erst Ruhe, als eine volle Jim-Beam-Flasche auf seinem Hinterkopf zerplatzte und er in schwarze, tröstende Bewusstlosigkeit eintauchte.

Eine Woche später erwachte er im Krankenhaus seines Heimatortes mit vergipsten Beinen, gebrochenen Rippen und ohne Erinnerungsvermögen. Als sein Gedächtnis Monate später wieder funktionierte, humpelte er am Stock zur Gerichtsverhandlung, wo er wegen Körperverletzung und Sachbeschädigung zu erheblichen Schadensersatzleistungen und einem Jahr auf Bewährung verurteilt wurde.

Rosita aber hatte die Turbulenzen gut überstanden, abgesehen von dem Schreikrampf, der sie nach der Saalschlacht gepackt hatte und der erst wich, als der besorgte Sven ihr einen hübschen Solitär an den Finger steckte. Auf dem Luxusliner, wo Sven seinen Dienst als Obermaat versah, genas sie seelisch und körperlich. Der junge Mann hatte seine Ersparnisse abgehoben und für Rosita auf dem eleganten Schiff eine Weltumrundung gebucht, die kurz nach den spektakulären Ereignissen im Hamburger Hotel losging.

Nach märchenhaften Monaten auf See besuchten die Passagiere des Traumschiffes die Zauberwelt der Seychellen. Es war der Höhepunkt der Reise, danach sollte es heimwärts gehen. Mit dem Frankfurter Bankier Salzmann, Rositas Tischnachbar im Speisesaal des Schiffes, den sie während der Kreuzfahrt, etwas abseits von Sven, schätzen und lieben gelernt hatte – sein hochkarätiger Solitär leuchtete bereits an ihrem Finger –, ging Rosita heimlich von Bord, um in den Discotheken von Mahé den geheimnisvollen Moutia-Tanz zu lernen und die erotischen Verzauberungen des Voodoo-Kultes am eigenen Leib zu erfahren.

Wer weiß schon genau, wie es mit Rosita weiterging, in welchen Häfen sie landete und wie viele Solitäre an ihren Händen funkeln. Ihre Spur verliert sich im Labyrinth des Lebens. Aber eins ist sicher: Rosita erinnert in nichts mehr an die junge Dorfschönheit von jener kleinen nordöstlichen Insel Germaniens, wo sie einst zu Hause war. Ihre Metamorphose ist vollkommen. Na, und Kalle? Was wurde aus Kalle, aus seiner Mutter und der kleinen Firma? Ratet mal!

Die Zwickmühle

Ach, was es doch für Arglistigkeiten gibt, die das Schicksal ausheckt, und der Mensch sitzt plötzlich in der Zwickmühle und kann nicht heraus. So erging es auch dem Ehepaar Anton und Ilse Tickerly.

Zunächst war alles gut. Im Mauerländchen. Vor der Wende. Für die Tickerlys jedenfalls. Man hatte es geschafft und war Nomenklaturkader, wohnte im Einfamilienhaus mit Garten, arbeitete nach bestem Wissen und Gewissen, hatte kleine Sonderrechte hier, kleine Sonderrechte da, durfte in den Westen reisen, auch im Extraladen einkaufen, also nichts Überwältigendes, aber immerhin, es lebte sich angenehm. Von den Dienstreisen in unvergitterte Gegenden legte man allerlei Mitbringsel zur Seite: ein Sümmchen harter Devisen für Kaffee, Seife und Elektronik aus dem Intershop, einige Hundert Gramm Zahngold, ein Häufchen Diamanten, ein paar Silberbarren und Münzen. Nicht gerade viel, aber doch eine kleine Reserve für alle Fälle. Und wenn der Nachbar Schneider, ebenfalls Nomenklaturkader, mit einem besseren Haus oder mit einer Extrazuweisung für einen neuen Wartburg bevorzugt worden war, kritisierte man das System hinter vorgehaltener Hand und fühlte sich als Jakobiner. Nein, man kam schon zurecht.

Nach der Maueröffnung stürzten für die Tickerlys fast alle Sicherheiten ein, sie wurden arbeitslos von einem Tag zum anderen, und da beide die fünfzig überschritten hatten und eine akademische Ausbildung auf dem Gebiet sozialistischer Planwirtschaft besaßen, bestanden keine Aussichten auf berufliche Vermittlung. An dieser Stelle sei abschweifend darüber berichtet, dass es damals im Osten Deutschlands vielen ähnlich erging wie den Tickerlys, auch ohne Nomenklaturkader gewesen zu sein, die sich auf einen Schlag in überflüssige Menschen verwandelten, ins gesellschaftliche Nirgendwo abstürzten, arbeits- und mittellos, ihrer beruflichen Ehre und Identität beraubt. Brandrodungsopfer der Politik! Für diesen hässlichen Vorgang, der einen bedeutenden Teil der östlichen Intelligenz eliminierte, verwendete man das Wort »abwickeln«, was hoffentlich späteren Generationen noch die Schamröte über das Geschehene ins Antlitz treiben wird. Das harmlose, ursprünglich einen mechanischen oder geschäftlichen Vorgang darstellende Wort erfuhr leider eine niederträchtige, menschenverachtende Bedeutungserweiterung. Da wurden plötzlich nicht Taue, Kabel, Fäden oder Geschäfte abgewickelt, sondern lebendige Menschen: Wissenschaftler, Künstler, Militärs, Verlagsleiter, Technische Direktoren, Ingenieure, Lektoren, Redakteure, Theaterleiter, Chefärzte …

Was taten die Abgewickelten? Manche hängten sich auf, andere aßen Schlaftabletten, schossen sich Kugeln in den Kopf, schluckten die Abgase ihrer Autos oder sprangen vom Balkon des Wohnhauses. Nicht wenige tranken sich den Tod an den Hals oder fuhren gezielt mit dem Trabi gegen einen Baum.

Hier und da kam es leider auch zu allerlei unmoralischen Verwerfungen und eigenartigen Metamorphosen. Um selbst nicht abgewickelt zu werden, ging man zur neuen Behörde, schwärzte einen ehemaligen Kollegen an, legte allerlei fragwürdige Akten und Dokumente vor und erhielt auf diesem Weg ein frisches Parteibuch mitsamt neuer Lebensaufgabe. Ich erinnere mich beispielsweise an eine im Ländchen privilegierte Medizinerin, die ihre Nase mit Begeisterung in die Geheimnisse von Dickdarm und Schließmuskel allerhöchster Politprominenz stecken durfte, die deswegen schon in Vorwendezeiten zu Grund und Boden kam und der es, Abrakadabra, gleich nach der Wende gelang, sich in ein Opfer jener von ihr betreuten Herren und Damen zu verwandeln, was ihr beträchtliches Ansehen und eine unerhört dicke Rente einbrachte.

Andere Deklassierte nahmen Kredite auf, die den Banken damals locker saßen, gründeten kleine Firmen, denen die hinterlistige Steuerpolitik schon nach kurzer Zeit das Lebenslicht ausblies, blieben verschuldet bis ans Lebensende, den Suppenküchen und der Sozialhilfe ausgeliefert, oder richteten sich, von materiellen Gütern total befreit, direkt unter dem Sternenzelt, in Nachbarschaft mit dem ewigen Himmelreich ein. Ein trotziger Kern der Ausgegrenzten warf allen beruflichen Hochmut ab und arbeitete trotz akademischer Titel und internationalen Ansehens als Zeitungsausträger, Warenauspacker oder Ladendetektiv. Die vielfältigen Varianten, unterhalb seiner Talente, seiner Bildung und Ausbildung am Leben vorbeileben zu müssen, um zu überleben, spiegeln Macht und Glanz der im gegenwärtigen Deutschland blühenden Zivilisation wider.

Mit solchem Wissen im Hinterkopf sollte man das gewiss nicht nacheifernswerte, aber ich denke verzeihbare Verhalten der Tickerlys betrachten, die sich nach ihrem Sturz aus Amt und Würden als räudige Schafe in freier

Wildbahn, umweht von gesellschaftlicher Missachtung, wiederfanden.

Die Tickerlys entwickelten nämlich eine eigenwüchsige Strategie des Überlebens. Die psychologische Grundlage dafür stellte das Mitleid dar, ein Gefühl, das in fast allen Menschen schlummert. Dieses Mitleid wurde für sie zur Wert schaffenden Produktivkraft, zum materiellen Hebel, den sie zunächst zufällig, dann aber immer bewusster zum eigenen Wohl bedienten.

Um dieses Mitleid hervorzulocken, es in Aktion umzuformen, verwendeten sie eine fast poetische Form der Darstellung ihrer materiellen Not und ihres bevorstehenden Untergangs, die an die klassischen Klagegesänge und Trauerrituale der griechischen Tragödie erinnert. Die larmoyante Art ihrer Vorträge ließ kein Auge trocken, Herzen und Brieftaschen öffneten sich. Das Jammern hatte künstlerisches Format, und man muss sagen, dass die Tickerlys darin Professionalität erlangten.

An der Auslösung des Tickerly-Syndroms aber bin ich schuld. Hätte ich an jenem Dienstagnachmittag, als Ilse Tickerly mich besuchte, anders reagiert, dann hätten die Dinge vielleicht einen anderen Verlauf genommen. Ich mag Ilse, wir sind befreundet, und ich teile mit ihr das Schicksal des Abgewickelt-worden-Seins. Doch es gibt einen großen Unterschied zwischen uns. Während ich einen fast selbstzerstörerischen Stolz habe, der mich lieber mit einem rostigen Nagel in der Kniescheibe Zeitungen austragen lässt, als sich etwas schenken zu lassen, ist Ilse flexibel, und es stört sie nicht, als bedauernswertes nasses Hühnchen allerlei nützlichen Personen gewinnbringend unter die Augen zu kommen.

Jedenfalls trank Ilse an jenem Dienstag bei mir ein Glas Rotwein und breitete dabei ihre hoffnungslose Lage bis ins Kleinste aus. Blass und welk saß sie im Sessel und zündete sich eine Zigarette nach der anderen an. Tränen flossen aus ihren Augen. »Alles ist futschikato! Wir nagen am Hungertuch. Wenn das so weitergeht, klauben wir uns bald verschimmelte Brotrinden aus dem Müllkasten und gehen in den Wald, um Melde und Brennnesseln für eine Suppe zu sammeln. Wären meine armen Kinder doch nie geboren! Oh mein Gott, ich ertrage es nicht mehr!« Ilses Kummer schlug urplötzlich in Wut um. Sie verfluchte ihr böses Schicksal und hieb mit der Faust auf den Tisch, dass Rotweinflasche und Gläser zu Boden gingen. »Ich ertrage es nicht!«, schrie sie und rang nach Luft. Ich brach vor Mitleid in Tränen aus, mein junger, braunhaariger Dackel ergraute auf der Stelle, und er hört seitdem nicht mehr auf, sich zu kratzen. Um die Freundin zu trösten, schenkte ich ihr unser Haushaltsgeld für den laufenden Monat, stopfte ihr mein neues T-Shirt in die Tasche, eine Flasche Chanel dazu und eine ungarische Salami obenauf. In den nächsten Tagen besuchte Ilse, die selber erstaunt war über ihren Erfolg, weitere Freunde, Verwandte und Bekannte, und immer fiel ihr dabei etwas in den Schoß. Sie hatte sogar Erfolg bei Personen der Dienstleistung. Der Klempner erließ ihr die Kosten für die verstopfte Küchenspüle, die Friseuse färbte ihr das Haar für ein Dankeschön, die Kosmetikerin zupfte ihr die Augenbrauen gratis. Die Hausärztin versorgte sie mit Medikamenten aus eigener Tasche, und der Fleischer packte ihr zum Wochenende ein Stück Schweineschuft und zwei Paar Wiener Würstchen für umsonst ein.

Ilse dehnte ihre gewinnträchtigen Beziehungen aus und traute sich sogar in die heiligen Hallen von Behörden. Was sich dort holen ließ! Sie klapperte staatliche und kirchliche Institutionen ab, Frauen-, Mieter-, Naturschutzverbände, Beratungsstellen der Sozialhilfe, private Stiftungen, Kulturhäuser, Stützpunkte des Roten Kreuzes, Lebensrettungsverbände, Selbsthilfegruppen für Alkoholiker, Amalgam-, Silikon- und Suchtgeschädigte und sogar Amnesty International. Wo immer sie erschien, schloss sie Herzen und Taschen auf, und ich bin davon überzeugt, dass selbst ein Ochse sich Milch für sie hätte abpressen lassen, wäre sie nur auf den Gedanken verfallen, ihn darum zu bitten. Auch bei Versicherungen hatte Frau Tickerly eine glückliche Hand. Als der Weihnachtsbaum am Heiligen Abend in Brand geriet und den Fernsehsessel ankokelte, ersetzte ihr die Versicherung die Wohnzimmereinrichtung samt Fernseher, Videorekorder und Musikanlage. Von dem Überhang der gezahlten Entschädigungssumme leisteten sich die Tickerlys mit ihren Zwillingen eine erholsame Fahrt zum Pariser Disneyland. Allerdings wurde der mit dem Fall betraute Versicherungsagent nach Abwicklung der Angelegenheit in eine psychiatrische Klinik eingeliefert, da er seit dem Umgang mit Frau Tickerly an schwersten Depressionen litt. Zusammenfassend lässt sich sagen: Ilse Tickerly erzielte messbare Erfolge.

Anton Tickerly, einst angesehener Außenhändler des Ländchens, durchstöberte alle Notizbücher nach Namen und Adressen von Fachkollegen, mit denen er einst auf internationalem Parkett zusammengearbeitet und Verträge in beiderseitigem Interesse ausgehandelt hatte. In sachlichen Briefen schilderte er ihnen seine veränderte soziale Situation, die durch Boykottierung der östlichen Intelligenz im vereinten Germanien eingetreten war. Das Schreiben, das Anton an den stellvertretenden Leiter des Pariser Handelsverbandes, Monsieur Gaspard, ein Tierfreund und Katzennarr, richtete, enthielt folgende Zeilen: »Wir haben alle Hoffnung fahren lassen. Sogar unsere kleinen Lieblinge, die Haustiere, fallen den unerbittlichen Ereignissen zum Opfer. So habe ich meine Katze Blanche, die Spielgefährtin meiner Kinder, aussetzen müssen. Vielleicht findet sie in der Fremde ein mildtätiges Herz. Arme Blanche! Im Traum besucht sie mich und klopft mit der Samtpfote an mein Fenster.«

Tickerlys Brief erregte in Paris Aufsehen. Die Mitglieder des Außenhandelsvereins veranstalteten eine Sammlung für den unglücklichen Kollegen und überwiesen eine beachtliche Summe. Unter der Losung »Blanche muss leben!« schickte Gaspard einen Container mit hochwertigem Katzenfutter, Gourmet-Kroketten aus Huhn, Lamm und Kaninchen auf die Reise nach Berlin. Ein linksgerichteter Londoner Textilwarengroßhändler vermachte Anton Tickerly in einer Anwandlung urchristlicher Nächstenliebe und unter dem Einfluss schottischen Whiskys mit allerbesten Kampfesgrüßen einen ansehnlichen Teil seines Vermögens. So floss viel Geld zusammen, das durch Sparsamkeit und Fleiß allein nicht hätte erworben werden können, und man versteht, dass sich die Tickerlys Löcher in die Strümpfe freuten beim Überprüfen der Kontoauszüge.

Aber so ist das Leben. Kaum hast du einen Schlamassel hinter dir, kommt eine neue Keule auf dich zu. Wieder traf es die armen Tickerlys, und das Werkzeug des Schicksals war dieses Mal die fast siebzigjährige Frau Glückspfennig, die leibliche Mutter Antons und Schwiegermutter der Ilse Tickerly.

Mutter und Sohn standen in einer problemreichen Beziehung zueinander. Der achtjährige Anton hatte sich nicht damit abfinden können, dass die Mutter, nachdem sein Vater gestorben war, einen neuen Mann ins Haus geholt hatte, Herrn Otto Glückspfennig, den sie heiratete und ihm als Stiefvater vor die Nase setzte. Der Verlust des Vaters tat weh, und die Turtelei zwischen Mutter und Stiefvater ging ihm gegen den Strich. Er war eifersüchtig, empfand sich als fünftes Rad am Wagen und machte dem Eindringling das Leben schwer. Eines Tages wurde es dem Herrn Glückspfennig zu viel, er suchte das Weite, die Ehe zerbrach, kaum dass sie begonnen hatte. Die Mutter ihrerseits machte den Sohn für das Scheitern verantwortlich und zahlte es ihm heim mit Liebesentzug. So entstand zwischen den beiden eine gespannte Beziehung aus Hass und Liebe, bitter und süß zugleich.

Frau Glückspfennig arbeitete fleißig und gewissenhaft als Buchhalterin in einem Heim nobler Art, wo Senioren der Sonderklasse des Ländchens bei bester Pflege und ärztlicher Betreuung sorglos ihren Lebensabend genossen. Mit sechzig Jahren ging sie in den Ruhestand und erfreute sich bei guter Gesundheit ihrer stattlichen Rente. Sie hatte sich vorgenommen, an ihrem siebzigsten Geburtstag selbst in das schöne Seniorenheim einzuziehen, um den angenehmen Service am eigenen Leibe zu genießen: Massagen und Sprudelbäder, Maniküre und

Fußpflege, die gemütliche Kaffeestube, das Heimkino, gemeinsame Theaterbesuche, Dampferfahrten und Ausflüge. Mit ihrer sicheren Altersrente würde sich der Aufenthalt problemlos finanzieren lassen.

Doch auch der braven Frau Glückspfennig stellten sich nach Mauersturz und Wende unerwartete Hindernisse in den Weg. Der Preis für den Heimplatz veränderte sich von einem Tag zum anderen, er schoss in geradezu märchenhafte Höhen und entsprach in gar keiner Hinsicht mehr den Gehältern und Renten der im Osten lebenden Staatsbürger. Plötzlich war die gute Rente der Frau Glückspfennig zu klein, um den Heimplatz bezahlen zu können. Viele alte Leute standen plötzlich vor dem Nichts und gerieten unverschuldet in würdelose Verhältnisse. Was tun? Bei einem Sachverständigen erfuhr Frau Glückspfennig, dass die Behörde in Härtefällen die Differenz zwischen Rente und Heimkosten ausglich. Allerdings nur unter einer Bedingung: Es durfte keine wohlhabenden Anverwandten mit üppigen Einkommen, Bankkonten oder Immobilien geben. Ansonsten hätten jene für den Ausgleich aufzukommen und nicht der Staat.

Frau Glückspfennig, die von der erschütternden Armut ihrer Kinder zutiefst überzeugt war, besiegelte durch ihre Unterschrift, dass ihre Kinder nichts besäßen, arbeitslos seien und ohne Sicherheiten dastünden. Die alte Frau erinnerte sich mit Bitterkeit an die kargen Festtage der letzten Jahre, wo die Suppen dünn, die Braten klein und die Geschenke kümmerlich ausgefallen waren, wo selbst beim weihnachtlichen Essen ihr Sohn gespannt beobachtete, ob sie sich tatsächlich die zweite Entenkeule von der Platte angeln oder sie den Zwillingen überlassen würde, die mit leidvollem Blick den Weg der Bratenstücke verfolgten. Der gertenschlanke Anton Tickerly litt unter der Esslust seiner Mutter, aber die Auffassung seiner Frau Ilse, dass der Erzeugerin, die den Sohn in der Kindheit derart lieblos behandelt hatte, überhaupt kein Braten im Hause Tickerly zustünde, ging ihm denn doch zu weit. Sie sei immerhin seine Mutter, und die Zwillinge bekämen doch monatlich eine kleine Überweisung von ihr aufs Sparbuch. In diesem Zusammenhang hagelte und stürmte es bei den Tickerlys nicht selten, die Türen flogen, und es gab haufenweise Ärger, Tränen und wallendes Blut.

An ihrem siebzigsten Geburtstag, den Frau Glückspfennig bei den Kindern verlebte, erzählte die Jubilarin bei Kaffee und Apfeltorte voller Freude von ihren Plänen. Sie habe nun vor, sich ihren Traum zu erfüllen und in das schöne Seniorenheim überzusiedeln. Genussvoll verputzte sie das dritte Stück Apfeltorte, das Ilse ihr gewissenhaft in den Mund zählte, trank die fünfte Tasse Bohnenkaffee mit einem Berg Schlagsahne darauf und schwelgte in Vorfreude auf die nette Gesellschaft im Heim, auf Friseur, Sonnenbank und Whirlpool. Sie schaute fröhlich in die Runde und sagte: »Stellt euch bitte vor! Den Zuschuss für den Heimplatz bezahlt der Staat. Wie gut, dass ihr pleite seid. Sonst würde man euch nämlich zur Kasse bitten und euer Konto für den Kostenausgleich nach und nach abschmelzen. Aber wo nichts ist, hat der Kaiser sein Recht verloren.« Dem Ehepaar blieb die Apfeltorte quer im Hals stecken. Ilse stieß eine Tasse um, der Kaffee umspülte die neuen Jeans der Tochter Nina, und Anton erbleichte vor Wut.

Frau Glückspfennig schaute verständnislos in die Runde. »Was ist denn los? Ihr freut euch ja gar nicht. Da bekommt man mal was umsonst, und ihr tut, als sei euch die Petersilie verhagelt!«

Die Stimmung am Kaffeetisch stürzte ab. Unheil lag in der Luft. Dessen ungeachtet machte sich Frau Glückspfennig, bevor sie aufbrach, über ein weiteres Stück Apfeltorte her, goss sich den letzten Kaffee in die Tasse und leerte die Sahneschüssel, was den Blutdruck der Schwiegertochter bedenklich in die Höhe trieb.

Als beide allein waren, fiel Ilse Tickerly über ihren Mann her. »Nun ist alles im Eimer! Jetzt zockt sie uns ab, deine hinterhältige Erzeugerin! Bestimmt hat sie in unseren Kontoauszügen herumgeschnüffelt. Du lässt ja immer alles herumliegen. Ach, das kann doch nicht wahr sein!«

Anton sprang puterrot auf und schleuderte eine alte Meißener Tasse gegen die Wand. »An allem bist nur du schuld. Nichts hast du meiner Mutter gegönnt. Hast einen Aufstand gemacht, als sie sich zu Ostern das zweite Schnitzel von der Platte nahm und überall herumgeklatscht, was du für eine verfressene und unausstehliche Schwiegermutter hast. Immer gab es Krach wegen der Geschenke. Letzte Weihnacht! Pantoffeln von Woolworth für ganze fünf Euro hast du ihr zugebilligt. Wie konnte ich so etwas nur heiraten! Ich habe es satt!«Ilse warf schluchzend ihren Ehering ins Klo und bediente die Spülung. »Hast du mir nicht selber ständig ein Klagelied darüber gesungen, wie schlecht deine Mutter in der Kindheit zu dir war und dass du sie lieber von hinten siehst?«

Anton ließ seinen Ehering dem seiner Frau folgen, und der Streit uferte aus. Ilse demolierte einen Teil der von der Versicherung spendierten Wohnzimmereinrichtung und erst, als sie mit dem chinesischen Wok in der Hand auf Anton losging, in der Rage aber den Kronleuchter traf, der ihr klirrend auf den Kopf fiel, kam sie zu sich. Anton hielt Ilses Sturz auf, legte sie auf das Sofa und goss ihr einen großen Wodka ein. Eigentlich liebte er seine Frau aufrichtig.

»Lass uns die Sache in Ruhe durchgehen«, sagte er und strich seiner Frau beruhigend über das Haar. Die Eheleute analysierten die Situation und erkannten, dass sie in einer Zwickmühle steckten: Wenn sie der Mutter reinen Wein über ihre Ersparnisse einschenkten, würde die hinter das Licht Geführte ihnen den Schwindel von angeblicher Armut nie verzeihen und erst recht ins Heim wollen. Verheimlichte man ihr den wirklichen Stand der Dinge, dann ginge sie, nichts Böses ahnend, ebenfalls ins Heim. Dann aber käme die Behörde und würde sie fleddern. Es käme auf eins heraus.

»Es muss einen dritten Weg geben«, sagte Tickerly und holte eine Flasche Sliwowitz aus der Vitrine. Sie tranken und grübelten, klopften das Problem von allen Seiten ab, bis die Gläser leer und ihre Schädel voll Dunst waren. Die Tickerlys kamen schließlich auf so finstere Gedanken, dass es mich graust, sie dem Papier anzuvertrauen. Gegen Morgen schliefen beide im Sitzen ein.

Erst am Nachmittag erwachten sie. »Mir ist so schlecht«, flüsterte Ilse. »Mir auch«, erwiderte Anton. Er stand taumelig auf, um ein Glas mit Rollmöpsen aus dem Kühlschrank zu holen, als es an der Haustür klingelte. In seinem Tran ließ er das Glas fallen, die Essigsauce umfloss seine Beinkleider, auf den Filzpantoffeln lagen Zwiebelringe und marinierter Lorbeer. Kopflos stürzte er zur Tür und öffnete. Vor ihm stand Frau Glückspfennig, seine Mutter. Sie strahlte. »Ich hab euch etwas zu erzählen!« Sie ging ins Wohnzimmer, wo Ilse verkatert zwischen den Einrichtungstrümmern hockte und geistesabwesend auf die leere Sliwowitzflasche starrte.

»Was ist denn hier los?« Frau Glückspfennig blickte um sich und hob eine Scherbe des zerbrochenen Kronleuchters vom Boden auf. Sie öffnete das Fenster, ließ frische Luft in das dunstige Wohnzimmer fließen und setzte sich feierlich in einen Sessel.

»Also, stellt euch vor, ich habe im Lotto gewonnen. Das Geld kam genau zu meinem siebzigsten Geburtstag. Eine ganze Million mit genau sechs Nullen hinter der Eins. Kapiert ihr das? Glück muss man haben!« Sie gackerte selbstgefällig.

Das Ehepaar wusste nicht, ob es lachen oder weinen sollte. Hielt die boshafte Alte sie zum Narren? Aber Mutter Glückspfennig angelte ein ansehnliches Bündel von Tausendmarkscheinen heraus und wedelte damit vor den Nasen der Tickerlys herum. »Na, wonach riecht das?« Anton und Ilse schwiegen.

Oma Glückspfennig seufzte zufrieden, verstaute das Bündel wieder sorgfältig in der Handtasche, machte eine wichtige Miene und holte aus zu einer großen Gardinenpredigt: »Von euch und eurer stänkerigen Knickrigkeit habe ich den Kanal voll. Jetzt könnt ihr eure Schnitzel, Entenkeulen und Weihnachtskarpfen alleine essen. Die Rote Grütze und die Apfeltorte gleich dazu. Jeder Bissen ist mir im Hals geschwollen, wenn ich bei euch war. Und denkt ja nicht, ich hätte von eurem dicken Guthaben nichts gewusst. Anton lässt ja immer alles herumliegen. Da hab ich die Kontoauszüge gelesen. Klar! Ihr wolltet euer eigenes Süppchen kochen. Ich war euch schietegal. Diese Heimlichtuerei, dieses Herumgeeiere! Nun habt ihr euch selbst angeschmiert.«

Die Tickerlys saßen mit dicken Köpfen da und hörten zu. Mutter Glückspfennig teilte ihnen noch mit, dass sie jetzt in das Heim ginge. Geld dafür hätte sie genug, einen Freund inzwischen auch, mit dem sie das Leben genießen wolle: schön essen beim Chinesen, auch beim Italiener, Inder oder sonst wo. Eine Reise mit dem Traumschiff sei auch nicht zu verachten. Von der Million würden Anton und Ilse nichts erben, sie habe vor, hundert Jahre alt zu werden und alles zu verprassen.

Das Ehepaar schluckte wortlos. Mutter Glückspfennig erhob sich und ging wuchtigen Schrittes zur Tür. »Du hast Zwiebeln auf deinem Pantoffel«, sagte sie zu ihrem Sohn und warf die Tür ins Schloss.

Eigentlich müsste ich doch froh sein, dass die trübe Geschichte so ein tolles Happy End gefunden hat. Die Tickerlys sind ihre Sorgen los, und Frau Glückspfennig schwimmt im Sirup. Aber ich kann mich nicht freuen. Eine hässliche Frage frisst an meinem Gemüt wie eine Raupe am Apfel: Was mochten die Tickerlys wohl mit dem dritten Weg gemeint haben? Was hatten sie in jener durchzechten Nacht ausgebrütet? Was wäre passiert, wenn Frau Glückspfennig die Million nicht gewonnen hätte? Nein, ich will es mir lieber nicht vorstellen. Wirklich nicht. Um Gottes willen!

Sternblatt, liebes …

Ich lege die Stirn an deinen graugrünen Stamm, umfasse dich und lausche deinem Flüstern, lieber Ahornbaum, du sternblättriger Gefährte. Über dreißig Jahre hast du die Zweige über mich gebreitet, meinen Gedichten und Märchen zugehört, die ich in deinem wundersamen Schatten schrieb.

Es ist Juni, unser letzter Juni, und nichts ahnend hast du dich heiter und hoffnungsvoll mit hellgrünen Nasen behängt, Samenseglern, Luftschiffen der Unendlichkeit. So viele sind es, dass ganze Ahornwälder daraus wachsen könnten, wenn der Mensch es zuließe und sich Erde dafür fände.

ERDE. Wie viel Erde braucht ein Baum? Wie viel Erde braucht ein Mensch? Wessen ist die Erde? Gehört sie den Menschen, den Göttern oder sich selbst? Gehört sie allen irdischen Geschöpfen? Wer darf sagen: Mein ist die Erde? Wer erfand das Geschäft mit der Erde, das doch immer Ungemach, Vertreibung und Tod nach sich zieht? Das Geschäft mit der Erde, die Todsünde! Sie richtet den Blauen Planeten zugrunde.

Ich schaue hinauf in deine atmende grüne Krone. Die Amseln, Meisen, Elstern, das Ringeltaubenpaar, sogar der Eichelhäher, die Kleiber und Spechte, Grünfinken und Rotschwänze hocken heute still und bedrückt in den Zweigen wie Mieter vor dem Auszug, die die Räumungsklage erhielten. Ahnen sie es schon?

Das Vogelhaus, um dessen Holzpfosten herum die süßen Veilchen im Frühling ihre blauen Lichter anzünden, wird im nächsten Jahr verschwunden sein, auch die lockige Schafgarbe, der heilende Spitzwegerich, der drahtige Ackerschachtelhalm, die wilden Margeriten, die weißen und blauen Fliederbüsche und die verwunschene hellblaue Rose, die meine Mutter noch pflanzte kurz vor dem Tode. All das wird verschwunden sein, ausgerottet. Auch die vom Wind gezwirbelte Kiefer, in der mein Sohn als Knabe umherkletterte, die überquellende Linde, unter der ich mit meiner Schwester sommers wie in einem Prunkschloss aus grünem Sonnenlicht und Nektarduft saß und wir über Gedichte sprachen, die uns aus dem Herzen wuchsen. Der alte Gartentisch dort, zu allen Jahreszeiten stand er unter freiem Himmel inmitten all der Wunder. Ich ging oft mit meinem Gefährten zu ihm. Auch winters, wenn Schnee und Hagelkörner auf ihm lagen. Dort zündeten wir Kerzen an, wenn wir uns freuten und wenn wir trauerten. Andächtig standen wir nachts vor Mond und Sternen und fühlten uns eins mit dem Universum. Fackeln rammten wir in den Boden und lauschten in ihrem Licht den Liedern, die von Freiheit, Sehnsucht und Kampf erzählten, von dem Rebellen Stepan Rasin und von Comandante Che Guevara. Die Musik vermischte sich mit dem Gesang des Windes und den Stimmen der Nachtvögel. Du sahst uns, mein Ahornbaum, wenn wir Wein tranken und einander an den Händen hielten. Unsere Katzen, die sanften Kobolde, umschnurrten uns zauberisch und setzten sich zu den Kerzen. Wenn dann der Mond über den schwarzen Himmel schwebte und sein Silber über uns schüttete, wünschten wir uns Flügel, die uns in eine Welt tragen sollten, wo die Menschen zärtlich und froh sein durften … Unter dem Wacholderbusch schlafen meine geliebten Katzen den ewigen Schlaf: Oldi, der treue Findling, mein grünäugiges Nebelchen, die wilde Zauberkatze Holli, die um die Menschen mehr wusste als der Mensch …

Mein liebes Sternblatt, wo jetzt dein Stamm mit starken Wurzeln tief in der Erde verankert ist, wird schon bald eine lehmige Baugrube wie eine Wunde gen Himmel klaffen, und deine Zweige werden die Sonne nicht mehr sehen. Dass ich dich, mein Freund, nicht schützen, dein grünes Lebenslicht nicht bewahren kann! … Ich versprach, dir die Treue zu halten mein Leben lang. Wie soll ich dir erklären, dass die Erde unter dir, die deine Wurzeln nährt, nicht mein Eigentum ist. Im Osten, damals, vor etwa fünfunddreißig Jahren, war dieses Stück Boden nicht käuflich zu erwerben, der verwilderte Garten unbewohnt, nur eine graue Hausruine stand darauf, die eigentlich abgerissen werden sollte. Ich tauschte meine Stadtwohnung gegen die Ruine und zog hinaus, denn ich hatte dich, den Ahornbaum, gesehen, und ich liebte dich vom ersten Augenblick an. Ich wollte, dass mein Sohn in deinem Atem aufwüchse, dass er stark und wahrhaftig würde. Später durften wir das verfallene Haus kaufen und erhielten den Boden zur Nutzung auf Lebenszeit. Als der Nachbar seine Lebensbäume beschnitt, sammelte meine Schwester die Zweiglein auf, und wir pflanzten sie ein. Schon bald wurde eine hohe immergrüne Hecke daraus, die den Garten umgibt und von lauter liebem Vogelvolk besiedelt ist, das da Nester baut, wuselt und singt. Ich hoffte, das würde immer so gehen und dass es gelänge, unsere Heimat mit der Zeit noch gerechter, reicher und offener zu machen. Ich dachte, dass du, lieber Ahornbaum, noch ein Stück weiter dem Himmel entgegenwachsen könntest und ich unter deiner Krone die Geschichten und Lieder würde aufschreiben dürfen, die wir miteinander erfuhren.

Es kam anders. Eines Tages erschienen in unserem Ländchen Eroberer, Nachfahren jenes biblischen Kain, der vor langer Zeit seinen Bruder Abel erschlug aus Habgier. Sie sackten unser Ländchen ein, so schnell, wie der Haifisch eine Sardine einsaugt. Fast alle hier geltenden Gesetze wurden zu Ungesetzen. Und plötzlich tauchten an unserer Gartentür fremde junge Leute auf, Erben über sieben Ecken, die uns beschimpften, bedrohten und Anspruch erhoben auf den Grund, den sie nie gesehen, bepflanzt und geliebt hatten. Die Erde, in der deine Wurzeln leben, wurde nun wieder »frei«, unsere Pacht auf Lebenszeit einfach aufgekündigt. Vielleicht hätte ich den Grund für teures Geld kaufen können. Aber wie denn? Woher soll ein Poet und Märchenschreiber einen Sack voll Geld nehmen, wenn er arbeitslos gemacht wird?

Es interessiert die neuen Machthaber nicht, dass meine Lieder auf diesem Stück Land, inmitten der Natur, wie Wunderblumen wachsen konnten. Das Geschäft mit der Erde, die der Schöpfer doch allen Lebewesen des Planeten zur Nutzung gab, dieser unselige Handel ist in Patchwork-Germanien wieder zugelassen, er blüht und gedeiht. Unsere Vertreibung geschieht nach einem Prinzip, das sich »Sachenbereinigungsgesetz« nennt, so »reinigt« es dieses kleine Stück Erde von dir und von mir.

Ich erinnere mich an das wehmütige Lied »Morgen muss ich fort von hier und muss Abschied nehmen«. Wir haben es oft im Garten unter deiner Krone gesungen mit Freunden, die vertrieben waren und von Heimweh geplagt. Es kommt mir heute wieder in den Sinn, weil auch wir

Abschied nehmen müssen voneinander. Die neue Ordnung macht Großreine … Könnte ich dich doch loskaufen! Aber ich bin abgewickelt wie so viele Poeten meines verschwundenen Ländchens. Unsere bewährten Verlage sind eingegangen, oder ihre Chefs haben in vorauseilendem Gehorsam die Verträge mit den hiesigen Schriftstellern gekündigt. Die neue Ordnung »reinigt« Patchwork-Germany von unseren Büchern und wirft sie aus Bibliotheken, Läden und Lagern einfach auf die Straße. Nur Literatur aus dem Westen ist gut! Unmittelbar vor der Wende war mein Märchen »Die Federkielhexe« erschienen, dreißigtausend Bücher mit Illustrationen von Bofinger. Die wurden auf den nächsten Müllplatz gefahren zum Vermodern. Meine Kolumbusgedichte mit den zauberhaften Sonnenbildern von Horst Bartsch liegen irgendwo zwischen stinkenden Konservendosen, Plastetüten und Rattendreck.

Der evangelische Pfarrer aus dem niedersächsischen Katlenburg sucht seit Jahren die ostdeutschen Müllhalden nach entsorgter Literatur ab, er rettete bisher fast eine Million Bücher, brachte viele unters Volk und schuf ein einzigartiges Literaturarchiv. Katlenburg wurde zu einer Begegnungsstätte für Bücherfreunde, die sich Lesestoff mitnehmen dürfen. Die Bücher kosten nichts, lediglich um eine Spende für »Brot für die Welt« bittet der Pfarrer. Seine Kirchengemeinde konnte bisher schon Tausende von Euro an »Brot für die Welt« übersenden.

Als Adolf Hitler seinerzeit das Dritte Reich von den Werken Heinrich Heines, Erich Kästners, Tucholskys und anderer Dichter »reinigte«, loderten in der Reichshauptstadt Berlin große Bücherfeuer. Die Werke der Künstler kamen auf den Scheiterhaufen wie die Hexen zur Zeit der Inquisition.

Der heutigen Ordnung ist das zu feierlich, zu aufwendig.
Deshalb hinein mit der Literatur in die Müllcontainer, ab
auf die Halde! Stinkende Jauche fließt über mein Gedicht,
das ich den Bäumen zu Ehre geschrieben habe.

SALUT, BÄUME!

Wie ihr blütenbesteckt
Die Glieder reckt!
Ihr Chemieingenieure,
Kathedralen für Vogelchöre,
Umweltschutzlegionen,
Grundwasserpumpstationen,
Holzfabrikanten,
Obst- und Nektarlieferanten,
Nervenkurierer,
Luftparfümierer,
Schattenspender für jeden,
GENOSSEN
AUS DEM GARTEN EDEN.
Ihr Rauschebärte
Und Märchenerzähler.
Ihr grünen Steher
Bei Blitz und Sturm.
Ungezäumt,
Aufgebäumt.
Mit Wurzeln,
Standpunkt
Und Wolkenantennen.
Lebenssignale.
Am Grün zu erkennen.

Sternblatt, lass deine Blätter nicht so traurig hängen, ich versuche auch, tapfer zu sein. Wir beide müssen sterben vor unserer Zeit. Wollen wir es heiter tun? Du weißt, Bücher sind etwas Heiliges, wenn der Dichter sie mit Seele und Gewissen schrieb, um lebenserhaltende Botschaften an die Geschöpfe der Erde auszusenden. Zu allen Zeiten zitterten Tyrannen vor der Wahrheit des Poeten. Immer wieder ließen Herrscher Bücher und Bibliotheken brennen … Märchen, Geschichten, Lieder und Gedichte bleiben Feinde unredlicher Macht, sie sind Postillione der Liebe. Wie Schmetterlinge und Vögel fliegen sie in die Welt und wecken Hoffnungen, Sehnsüchte und Goldene Träume. Ohne Sehnsüchte, Hoffnungen und ohne den Goldenen Traum lassen sich die Menschen leichter verführen, benutzen und in stumpfe Verbraucher, in Sklaven verwandeln.

Sternblatt, ich stopfe jetzt meine Taschen voll mit deinen grünen Nasen, den Samenseglern. Ein winziges Dorf kenne ich in verwunschener Heide, an einem klaren Wasser gelegen. Dort will ich sie einpflanzen und zum Himmel beten, dass sie aufgehen und große Bäume werden. Vielleicht kommt eines Tages ein junger Dichter, vielleicht gar mein Sohn, setzt sich in den Schatten ihrer Kronen, hört ihrem Rauschen zu und schreibt ein Lied …

Ich umarme dich, mein Ahornbaum. Lass uns jetzt schweigen miteinander …